棄てられた元聖女が幸せになるまで　1

呪われた元天才魔術師様との同居生活は
甘甘すぎて身が持ちません!!

プティルブックス

Character

ライオネル・リーディナント（22）

元第一魔術師団の団長。天才魔術師として列国まで名を馳せていたが、呪詛魔道具を使ったせいで呪われてしまい、魔力量は減り、魔法を使うと体に激痛が走るようになった。

ファティア・ザヤード（17）

元聖女。孤児院で暮らしていたときに治癒魔法が使えるようになったことで、聖女として子爵家の養女になる。けれど、なぜかすぐに力を失い、屋敷を追い出されてしまう。

ロレッタ・ザヤード（16）

子爵令嬢。ファティアの義理の妹で、ある日突然、微弱だが聖女の力を得る。

ハインリ・ウォットナー（22）

第一魔術師団の副団長。ライオネルとは王立魔法学園のときからの友人。

アシェル・メルキア（22）

メルキア王国の第二王子。民のことを一番に考え、多くの者に慕われている。

レオン・メルキア（24）

メルキア王国の第一王子。民を顧みず、愚策を繰り返す。ロレッタの婚約者。

Contents

第1章　『元聖女』は家を追い出される

「お願いします……母の形見なんです……！　ペンダントを返してください……！」

「毎日毎日言われた通り土下座して――あんたって本当に惨めよね」

床に額を擦り付けて懇願するファティアは、一切顔を上げることなく、ただひたすらに「返してください」、「お願いします」と口にする。

キラリと光る赤い宝石の付いたペンダントを首にかけ、汚物を見るような目で見下ろすロレッタに、ファティアの言葉が届くこともなく。

ロレッタは艶々としたダークブラウンの髪の毛を耳にかけながら、土下座するファティアに思い切り足を振り下ろした。

「っ……!!　お願い……しま、す……かえし、て……」

「しつこいわね！　このペンダントだって私みたいな高貴な聖女に着けてもらう方が幸せよ！」

「……」

「何？　自分が聖女だって言いたいわけ？」

「いえっ、違います……！　聖女かどうかは別にどうでもよくて……！　私はただペンダントを――」

「どうでもいい？　まだ調子に乗ってるようね！」

「違っ――」

ふんっと鼻息を漏らして憤怒しているロレッタに、これまでファティアは何度額を地面につけて頭を下げたことだろう。

ファティアが唯一持つ母の形見であるペンダントだけは、どうしても奪われたままにしたくなかった。

――ファティア・ザヤード。

現在十七歳で、約一年前にメルキア王国の西部にあるザヤード領地を治める、ザヤード子爵家の養女として迎えられた。

それまでは六歳の頃から孤児院で暮らしていたが、そこはメルキア王国で一番管理が杜撰な孤児院だといわれており、劣悪な環境での生活は酷いものだった。

食材は腐りかけのものしか運ばれず、量も孤児たち全員の腹を満たすには到底足りない。

衣服の支給もなく、擦り切れたものを着るのは当たり前どころか、服を着られるだけ有り難いと思いなさいと言われる始末だった。

寒さや暑さに抗うすべもなく、風邪を引けば看病どころか折檻部屋へと連れて行かれ、『呪い』を祓うなどと言って叩かれた。助けようとすれば同じ目にあわされるので、生きていくには孤児院の方針に従うしかなかった。

ファティアはそんな孤児院で十年過ごし、その施設の年長者になっていた。

母のおかげで字の読み書きはできるので、仕事は見つかるだろう。そろそろ孤児院を出て働きたかったファティアだったが、酷い環境の孤児院に子供たちを残していくのが気がかりだった。

これからどうしようかと思っていた矢先のことだった。

『ファティアお姉ちゃん凄い！　傷が治っていくよ!!』

『何……この力……』

傷付いた子供たちを見てどうにかしてあげたい。ファティアがそう思ったとき、突然淡い光の粒が自身を纏うのと同時に、子供の怪我をした足や腕も光の粒が包み込み、傷が見る見るうちになくなったのだ。

もちろん見た目だけでなく、痛みもなくなるようで、それは紛れもない『治癒魔法』だった。

『治癒魔法』は聖属性魔法の中の一つであり、聖属性魔法を扱えるのは『聖女』だけだといわれている。

そして、ファティアが『聖女』だということは孤児院の院長に伝わり、ファティアはすぐにザヤード子爵家の養女となった。

ファティアは孤児院育ちで魔法に対しての知識がなかったので、自身が『聖女』だと知っても気にしなかった。

『治癒魔法』は貴重だから買われたのだろうというくらいの感覚で、このときのファティアは、子爵家の養女になれば少しは孤児院に融通を利かせてもらえるかもしれないと考え、希望に満ちていた。

――けれど現実は、そう甘くはなかった。

「無能は引っ込んでなさいよ！　『聖女』はファティア、あんたじゃなくて私なんだから！」

ファティアがザヤード子爵家の養女に入ってすぐ、義父母と義妹のロレッタの前で『治癒魔法』を披露したのは記憶に新しい。

素晴らしい能力だと言われ、温かな食事に清潔な部屋、専属のメイドを付けてもらい、何不自由のない生活が始まった。

――しかし、その生活は一週間と持たなかった。この日以降、何不自由ない生活は、なくなってしまったのだ。

『あれ？　治癒ができない……』

ファティアが養女になって五日目のことだっただろうか。

誰かに教わったわけではなく、感覚的に治癒魔法を使っていたファティアが、聖女の力が使えなくなるという事態に対応できるはずもなく。

『どうして……？　何で……っ!!』

昨日までまともに使えていた聖女の力――淡い光の粒が現れないのだ。治癒魔法を発動するときにお腹のあたりがかあっと熱くなるような感覚があったのだが、その兆しもない。

魔法が何たるかを誰かに教わったわけでもなく、聖女に纏わる本を読んだこともなかったファティアにはお手上げだった。

そして、その日を境に、聖女の力どころか一般的な魔法さえ使えなかったロレッタが、急に治癒魔法――つまり聖女の力が使えるようになったのである。

（あの日……聖女の力が使えなくなった日から、ペンダントが無くなったのよね……）

湯浴みのために外した僅かな間に無くなっていた、母の形見のペンダント。

ファティアは必死に捜したが見つからず、ロレッタが隠すように身に着けているのを発見したのは数日後のことだった。

「分かりました……分かりましたからお願いします……とても大切なものなんです……！　聖女様お願いします……！　どうか私に返してください……！」

それからファティアは、毎日ロレッタに土下座をして返してくださいと懇願している。

というのも、ロレッタがペンダントを身に着けているのを発見したその日、返してほしいと頼んだときのことだ。

『この家にいる間、毎日土下座をして頼み込むなら返してあげてもいいわ。それに、私の言うことには絶対服従よ？　あんたは下僕よ、下僕！　分かった？「元聖女」さん』

悪魔のような笑みを浮かべてそう言ったロレッタに、ファティアはコクリと頷いた。

その日からは孤児院にいたときよりも地獄になった。

食事はロレッタが食べ残したものを床に落とされ、それを食せと命令された。湯は使わせてもらえなくなり、水浴びは月に一度しか許されず、ロレッタが何か気に食わないことがあれば殴られたり蹴られたりするのが当たり前の日々。

ザヤード子爵とその妻は実娘の方が可愛いのはもちろん、聖女の力に目覚めたロレッタのすることに口を出さなかった。

力が無くなった元聖女はお荷物なだけで、庇ってくれるはずはなかったのだ。

使用人たちの中には「やりすぎだ」、「可哀想」とファティアを哀れに思う者たちもいたが、子爵家の実娘で聖女の力を扱えるロレッタに逆らえるはずがなかった。

そうして今日も今日とて、土下座をして懇願するファティア。

一度は無理矢理奪い返そうかとも思ったが、少しその素振りを見せただけで、ロレッタが大声を上げて大事《おおごと》になり、その日は義父母からきつい折檻を受けることになった。

痛みに耐える最中、わざわざその様子を見に来てニンマリと微笑んだロレッタの表情に、ファティアが恐怖を覚えたのは言うまでもない。

人が苦しむ姿を見て笑みを浮かべるロレッタに対して、逆らえば次は殺されるのでは、とさえ思ったほどだ。

ロレッタは「ハァ～」とわざとらしくため息をつく。

ファティアは頭上から聞こえるそれに、土下座をしたまま全身をびくりとさせた。

「実は私ね、聖女としてこの国──メルキア王国の王太子殿下と婚約を結ぶことになったの」

「……？」

急に何を言い出すのだろう。ファティアは理解ができず、とりあえず「おめでとうございます」と口にした。

「お父様とお母様も大層喜んでて……もちろん私も！　だって未来の王妃よ王妃！　凄いでしょう？」

「は、はい。凄いです……おめでとうございます」

「それでね？　いい考えを思い付いたんだけど！　無能はこの家から、出ていきなさい！」

「えっ。出ていっていいんですか!?」

ファティアにとって、それは青天の霹靂だった。

ファティアは別に好きこのんでザヤード子爵家に来たわけではない。

当初は貴族の養女になることで、孤児院を豊かにすることができるかもと期待に胸をふくらませていたが、『元聖女』となったファティアに義父母が力になってくれるはずはなかったのだ。

「そうよ！　無能は家を出ていきなさいって言ってるの！」

ファティアは勢いよく顔を上げた。エメラルドグリーンの瞳には僅かな希望を宿している。

ペンダントを奪われてからというもの、瞳に一番輝きが差した瞬間だろう。

母の形見さえ返してもらえるのならば、ファティアはいつだってここを出ていきたかったから。

「お父様とお母様は、あんたの聖女の力がいつかは回復するかもって一応家に置いておいたみたいだけど、私が殿下と婚約するならもうあんたは用済みなのよね。次期王妃以上に価値のあるものなんてないし。……もうかれこれ一年は無能じゃない『元聖女』さんは。利用価値さえないのよ、あんた」

「分かりました……！　ペンダントさえ返していただければ、私は今すぐにでも出ていきますから」

聖女云々はもはやどうでもいい。元聖女だと馬鹿にされようが無能だと罵られようが、ファティアは別に構わなかった。

家を出たら苦労することだってあるだろうが、この家でこの先も虐げられるのに比べたらずっとマシだ。

（孤児院は一度出たら戻れない規則だから……子供たちのことは心配だけど街に働きに行こう。お金が貯まったら孤児院には服や食べ物を寄付して……それから……）

これで今の生活とさよならできる。ファティアは心の底から喜んだ。

けれど何が一番嬉しいって、ペンダントが返ってくることだ。そのためにファティアは、今までロレッタの命令に全て従ってきたのだから。

ファティアは地面にぺたりと座り込んだまま、物乞いのように、両手のひらを上にしてロレッタに差し出した。

「仰いましたよね……？　この家にいる間、毎日土下座をして頼み込むなら返してくれるって……っ！　命令にも全て従いました……！　今すぐ家を出ていきますから、そのペンダントを――」

「返してください」と口にするはずだったファティアだったが、その言葉が発せられることはなかった。

ワインレッドの口紅を引いたぷっくりとした唇がニンマリと弧を描き、同じくワインレッドの瞳が厭らしく細められたからだ。

――それは、ファティアが絶望に直面したとき、ロレッタが必ず見せる笑みだった。

「そんなこと言ったかしら？」

「え……？　待ってくださ――」

「全く覚えがないわあ～。あんたの記憶違いじゃない？」

(何……？　何を言っているの……？)

どれだけ無様だろうと悲しかろうと痛かろうと、ファティアはこの日のために、家を出る日のために――母の形見を取り戻すために耐えてきたというのに。

いくら何でもあんまりだと、ファティアは下唇を噛み締めながら立ち上がった。

「そんなはずありません……！　約束したじゃないですか……っ！　返して……っ、お母さんの形見なんです……!!　返してください……！」

「っ、ちょっと!!　誰か来て!!」

ロレッタは治癒魔法を使うことはできるが、他属性――水、火、風、土属性の魔法を扱うことはできなかった。つまり魔法で攻撃してくることはない。

それを知っているファティアは、感情に任せて一か八か、ロレッタの首あたりに手を伸ばしてペンダントを奪い取ろうとするのだが。

「どうしたんだい、ロレッタ!!」

「何をしているの、ファティア!!　早くロレッタから離れなさい!!」

王太子との婚約の話をしようとロレッタの部屋に入ろうとしていた義父母は、ファティアがロレッタに掴みかかっている姿に一目散に駆け寄った。

養父は二人を引き剥がすと、思い切りファティアの顔を拳で殴り付ける。

「いっ……！」

「ロレッタに何をしている!!　恩知らずめ!!」

殴られてファティアが床に倒れ込むと、義母はロレッタのことを労るように抱き締めている。

その腕の中でロレッタはニンマリと微笑むと、ファティアにしか見えないようにべっ、と舌を出した。

「……酷い……っ、酷いです……！」

「酷いのはお前だ、ファティア!!　ロレッタから言われなかったのか!?　さっさとこの家から出ていけ!!　せっかく聖女の力があるから院長に高い金を払ってやったのに……すぐに無能になるわ、回復もしないわ。挙げ句の果てにロレッタに暴力だと!?　恩を仇で返しやがって……!!」

——ドゴッ!!と今度は思い切り腹部を蹴られ、ファティアは痛みで芋虫のように体を丸め、顔を歪める。

この場でロレッタが嘘をついたからと説明しても意味はないことを、ファティアはよく知っている。

もう力ずくでどうこうすることもできなくなり、ペンダントは諦めて家を出るしか選択肢はないのだ。

ファティアは痛みに耐えながらふらふらと立ち上がると、お腹を押さえながら出口へ向かって歩いていく。

ドアノブに手をかければ「あ！」と何かを思い出したようにロレッタが声を上げた。

「そうそう、ファティア、忘れ物よ！」

「えっ」

（もしかして……ペンダント……？）

最後の最後に慈悲を与えてくれるのかもしれない。

ファティアが少しだけ期待して勢いよく振り向くと、小ぶりのトランクを投げ付けられた。

体にぶつかった拍子に、よろけながらも、ファティアはそのトランクとロレッタの顔を交互に見る。

美しい赤い宝石の付いた母の形見は、ロレッタの首元にあるままだった。

「ペンダントだと思った？　ざーんねん。でもそれは餞別よ？　あんたがこの家に来てから着ていた服！　使用人たちに詰めさせたわ！　聖女の力が無くなったあんたのものなんて置いておいたら縁起が悪いわ！　私まで聖女の力が無くなっちゃいそ――」

「それでしたらそのペンダントも……！」

食い気味に話すファティアに、ロレッタはこれ以上ないくらいにニンマリと微笑む。

「これはだめよ。だってあんたの大事なものなんだもんね？　だから、だーめ。ふふっ」

赤い宝石が綺麗だとか、このデザインが好きだとか、そんな可愛らしい理由ならどれほどよかっただろう。

ただ単にファティアの大事なものだから。それを奪われたファティアの歪んだ顔が見たいから。ただ、そのために。

「……っ」

悔しい、悲しい、どうしてこんな目にあわなければいけないのだろう。ファティアはそう思いながらも、トランクを持ち、部屋を出る。

零れ落ちそうになる涙を堪えながら、屋敷の外へ飛び出した。

第2章　『元聖女』は『元天才魔術師』と出会う

庭掃除をするために用意された薄汚れた靴を履き、小さなトランクを持ってザヤード子爵家から飛び出したファティアは、ふらふらと歩き始めた。

孤児院時代から満足な食事を与えられていなかった細い体に、しとしとと降る雨が容赦なく降り注ぐ。靴と同様に薄汚れたグレーのワンピースを着たファティアは、それでも足を止めなかった。

（お母さん……ペンダントは取り戻せなかった……頑張った、んだけど……ごめんね……）

孤児院では金目になりそうなものは没収されるので、絶対に見つからないように身に着けていた。

——それを僅かな間に奪われただなんて、気を抜いていたのだろうか。

間違いなく盗んだロレッタが悪いというのに、精神状態がボロボロだからか、ファティアは自分を責めた。しかし涙を流す暇もない。

（とりあえず街……街に行かないと……働かないと生きていけない……）

ロレッタ曰くトランクには服が詰められているというが、服だけでは全く生活ができないのだ。

お金はもちろん、寝床に食事、働き口。今のファティアにはそれらが全てなく、頼れる人もいなかった。

ここで母の形見さえあれば、気分だけは晴れやかでいられたというのに、それさえ叶わないのが現実だ。

現実に絶望し、足が止まりかけたとき、ファティアは母の言葉を思い出した。

『貴方には苦難が訪れるかもしれないけれど、このペンダントがきっと守ってくれるわ』

『私の最愛のファティア――』

『ファティア……幸せになってね。お母さんの最期のお願いよ』

――ポタポタと、雨粒が前髪から頬へ、次に顎を伝い、地面に落ちる。

代わりに泣いてくれているのだと思うと、この雨も悪いことばかりではないとファティアは感じた。

「だめ……落ち込んでても……ペンダントは返ってこない。――生きるために、今は街に行く。うん、そうよ、頑張れ私」

◆◆◆

ザヤード邸から孤児院を越え、大きな街に辿り着くのには五日かかった。

その間ファティアは孤児院時代に実践で得た知識を使って野草を食べ、連日降りしきる雨で水分を取ることで飢えを凌いだ。

毎日二時間ほど仮眠を取るだけで歩き続けたファティアの体はボロボロで、野草でお腹をふくらますのだって限界があった。

雨に晒された体は冷え、いくら乾いた服に着替えても全く意味はなさないので、結局トランクは開いていない。休憩するときの椅子代わりでしかなかった。

——そんな中で歩いた五日間。

ようやく目的地のザヤード領の隣、ベルム領の中で一番栄えた街——レアルに辿り着いた。

ファティアがレアルに来た理由は二つだ。

まず一つはザヤード領から一番近い他領だったこと。孤児院だけでなく、ザヤード領は街も含め杜撰な管理で、まともに働ける場所が少なかったので、ザヤード領に留まる選択肢はなかった。

もう一つは母と数ケ月滞在した街だったからだ。

記憶はあまりないけれど、全く知らない土地よりは多少覚えがあるだろうという安心感があった。

活気に溢れ、子供ながらに良い街だなぁと思った記憶が微かにあった。

雨が上がり、光が差してきたこともあって、ファティアの中に僅かな希望が生まれた。

――はずだった。

「嬢ちゃん一人かぁ？」

「へへっ、今日はこの子に決まりだなぁ」

レアルを詳しく見ようと、街の外れを歩いているときだった。

ツギハギの服を着た、悪臭漂う血色が悪い男たちがロレッタとはまた違うニタニタとした笑みを浮かべ、ファティアを取り囲んだのである。

（これは……まずい……！）

孤児院で口が酸っぱくなるほど言われたのは『お前たちは恵まれている』という言葉だ。

あのときはこの環境のどこが恵まれているのだろうと思っていたが、今になってファティアはようやく分かった。

少なくとも孤児院にいる間は、こういう厭らしく、舐めるような目で見られることはなかったのだ。

ファティアが幼い頃、見目が綺麗な女子は、裕福そうな男性に引き取られることが多かった。

感覚的にファティアはその意味を理解できた。

だから引き取り手がお金さえ払えばファティアたちに拒否権はなかったが、目の前の男にはそんなお金はないだろう。

聖女の力が覚醒したこともあってファティアの未来は少し違ったものになったけれど、果たしてどちらが幸せだっただろう。

母のペンダントを持ちながら金持ちの玩具になるか、ペンダントをロレッタに奪われ、苛められながらも体は清いままか。

――ペンダントもなく、複数の男たちに囲まれているファティアは、今日が人生で最悪の日だと確信した。

「いやっ、触らないでください……！」

「仲良くしようぜ、嬢ちゃん！　そのなり見たら金に困ってるんだろ？　可愛い顔してっから、俺たちが満足したら良い店紹介してやっから」

「久々の上物だな……こりゃあ楽しみだ」

「いやっ！　やめてぇ……‼‼」

どんどん人気《ひとけ》のない路地に連れ込まれていくファティア。

五日間歩き続けた影響もあって細い足に力は入らず、ファティアのエメラルドグリーンの瞳には影が差す。

（だめ……逃げられない……っ）

先程まで雨が降っていたせいか、他に人の姿はなく、大声を出しても誰にも届かない。

それに雨風に晒されたことがたたってか、このタイミングで悪寒までしてきて、体に力が入らなくなってきた。

絶体絶命とはこのことを言うのだろう。ファティアは絶望的な状況に、もはや涙は一滴も出なかった。

(もう……諦めようか……)

ロレッタにペンダントを奪われなければこんな目にはあわなかったのか。

そもそも貴族の養女になったことが間違いだったのか。

それならば聖女の力が発動したことこそが、この不幸の始まりだったのか。

(けど……怪我が治ったときの皆……嬉しそうだったな……ありがとうって言われて、私……

確かにあのとき、幸せだった)

過去を思い出し、ファティアの瞳に一瞬光が宿る。

(最期のそのときまで、諦めちゃだめだ。頑張れ、私)

ファティアは目一杯、息を吸い込んだ。そして。

「助けてぇぇぇ!!　誰かぁぁあ!!!!」

――そう、喉が張り裂けそうなくらいに叫んだときだった。

「何してるの」

「……！」

コロコロと転がってきた林檎が、コツン、とファティアの足元で止まる。

「いいとこなんだから邪魔すんなよ、にいちゃん！」

林檎が転がってきた方向を見れば、漆黒のローブを纏い、左手に食料を詰め込んだ大きな袋を持った青年が立っていた。

(誰……？　敵……？　味方……？)

ローブに付いているフードを目深に被っているため表情を窺い知ることはできないが、声の低さと体格から男性だということは分かる。

襲ってくる様子はないので、ファティアが改めて助けを求めようと口を開こうとすると、男の手に塞がれてかなわなかった。

「んー!!　んー!!」

ファティアは後ろから抱き締められるようにして拘束され、口も塞がれた。

抵抗するために足をパタパタと動かせば、先程足元に転がってきた林檎が再びコロコロ転がると、持ち主の元へ戻っていくように、青年の足元でぴたりと止まる。

青年は足元に一瞥をくれてから、ファティアたちに視線を戻した。

「嫌がってるように見えるんだけど。放してあげたら？」

「ああん？　同意だよ同意！　この女はいっつも嫌がるフリすんだよ！　だからさっさとお前

は失せろよ！」

「なるほど。フリ」

「んー!!　んーっ!!!!」

（フリじゃない……っ、助けて……！）

ファティアは目をギュッと瞑って、必死に首を横に振る。

そのたびに拘束している男に「動くな！　大人しくしてろ！」と大声を上げられるが、ファティアはやめなかった。

きっとこの青年がどこかへ行ってしまったら、もう助けは来ないのだとファティアは本能的に悟っていたからだ。

「ねえ、もう一回だけ聞くけど、本当に合意？」

青年が抑揚のない声色で問いかける。

「だからそう言ってんだろ！」

「ふぅん」

（違う……っ、違うのに……！）

声が出せないもどかしさ、すぐそこに迫っている絶望に、ファティアは自身の力の無さを恨んだ。

――もし自分に力があったら、この場を一転させられるくらいの魔法が扱えたら、どうにかできるのに。

『元聖女』でしかないファティアにその願いは分不相応というもので、助けを乞うことしかできない現実が、胸を締め付ける。そのとき。

「フリだとしたら、その子、女優になれるんじゃない」

ポツリ、と青年がそう呟く。

ほんの少しだけ怒りを孕んだその声色にファティアがぱち、と目を開けると、青年はゆっくりと右手を前に出した。

――そして、それが起こったのは、青年の人差し指がファティアを拘束する男を指したのと同時だった。

「ぐわぁっ!!」

「!?」

青年の指先から水の刃のようなものが出現し、それが男の肩を引き裂いた。

悶絶の声を上げて痛がる男は拘束しているどころではなく、ファティアは自由になったものの、咄嗟のことで体は動かず、膝からカクンと崩れ落ちた。

その代わりに唇だけは動いたので、ファティアは掠れた声を漏らした。

「たす、けて……!」

「――うん。すぐ終わるから、座って待ってて」

青年がそう答えてからは、本当に一瞬の出来事だった。

拘束が解かれたファティアを土魔法で囲ってから、広範囲の風魔法で男たちを一掃したのだ。

まるで小さなサイクロンの中に放り込まれたような男たちは、青年が魔法を解くと気絶していた。

「大丈夫？　怪我は――」

土魔法を解いてから、気絶している男たちをよそに、未だにぺたんと地面に座り込んでいるファティアの元へ青年はゆっくりと歩いてくる。

青年が片膝をつくと、いくら目深に被ったフードとはいえ、その容貌を窺い知ることができた。

ほんのりと青みがかった黒髪に、少しだけ垂れた切れ長の目。筋の通った鼻に、色素の薄い唇。シュッとした輪郭に、漆黒のローブと正反対の白い肌。

それほど数多くの男性を見てきたわけではないファティアだったが、流石にこの青年の顔が非常に整っていることは分かる。

「格好いい……」

「――え？」

「？　……もしかして私、口に出してましたか？」

「うん。ありがとう」

「っ、すみません……。無意識でした……」

助かった安堵と、目を瞠るほどの美形を前にしたことでポロッと本音が出てしまったファティアは咄嗟に頭を下げる。

相当言われ慣れているのか、青年は気にしている様子もない。

出会って数分の青年のことなど分かるはずもなく、ファティアは改めて口を開いた。

「本当にありがとうございます……おかげで助かりました」

「これくらい構わないよ……顔、赤いけど大丈夫？」

「顔……？」

まさか格好いいと思うだけでは留まらず、顔にまで出てしまったのか。

ファティアはそんなふうに思って両手で頬をぺた、と触れる。あまりの熱さに精神的なものの影響ではないことを悟った。

孤児院にいたときは風邪を引くと折檻されるので我慢を重ねていたが、そのときと同じ頬の熱さだ。

「――ねぇ、大丈夫？」

自覚すると、忘れていたはずの酷い悪寒が再び襲いかかってくる。

体は寒いのに顔だけ熱が籠もったように熱く、何だか全身の関節も痛い。

（大丈夫だって、言わなきゃ……）

意識も少しずつ遠のいていく中、ファティアは口をパクパクと開く。

けれど上手く声を発することはできず、大丈夫かと問いかける青年の声が少しずつ小さくなっていくと同時に、プチンと糸が切れるように意識を手放した。

第3章　『元聖女』は『元天才魔術師』に拾われる

濡れた服が張り付く感触もなく、雨風もなく、心地良い温度の室内。

草や地面とは違った柔らかくて滑らかなシーツの触り心地に、いつまでも眠っていたくなる中、ファティアは重たい瞼をゆっくりと開く。

薄目を開けて首を左右に動かして確認すれば、シンプルな作りの部屋だった。

目に映るのは大きな黒いソファに、使いやすそうなキッチン。部屋はさほど大きくはないが、掃除が行き届いている。

（ここは一体……どこなの……）

疲れているのはもちろん、寝起きということも相まってファティアは上手く思考が働かない。

とりあえず起きなければともぞもぞと上半身を起こせば、キッチンの奥からひょこと顔を出した青年に、ファティアは大きく目を見開いた。

「あ、起きた？　おはよう」

「お、おはようございます……？」

「俺のことは覚えてる？」

「は、はい！　その、助けていただいてありがとうございます」

男たちから魔法で助けてくれた青年の姿に、ファティアはホッと胸を撫で下ろす。

「ここは俺の部屋ね。いきなり倒れたからとりあえず連れてきた。熱もあるみたいだけど、起きて大丈夫？」

「それはご迷惑をおかけしました……すみません……。熱は下がったと思います。だいぶ楽になりました」

どうやらここは青年の部屋らしい。家具などを見る限りは、ここで一人で暮らしているのだろう。

あまりジロジロと見ては失礼かもと、ファティアは再び青年に意識を戻すと、そういえばと気が付いた。

「ローブ、脱いだんですね」

「そりゃあ、部屋の中だしね。あ、コーヒー飲める？」

「運んでいただいた上にコーヒーなんていただけません……っ」

「俺が飲みたいから付き合ってくれると嬉しいんだけど」

「っ……何から何まですみません、ありがとうございます」

「いいえ」と、そう言って少しだけ笑った青年は椅子をベッドの横に移すと、手早くコーヒーを二人分用意する。

湯気が立っているカップの片方を、ファティアに手渡した。

「はい。熱いから気を付けなね」

「ありがとうございます」

おずおずとそれを受け取ったファティアは少しだけ息を吹きかけて冷ますと、ゴクリと喉を潤す。

ミルクが入っているようで飲みやすく、体の芯から温まる。ほぉっと、息を吐き出した。

「名前は？　聞いてもいい？」

歳は二十歳を少し越えたくらいだろうか。シンプルな白いワイシャツと黒いズボンを身に纏った青年が、ファティアに問いかけた。

「ファティア・ザ……ファティア、です。ファティアと申します。改めて助けていただいてありがとうございます」

おそらく、養子から抜ける手続きはまだ受理されていないだろうからザヤードを名乗れるのだが、時間の問題だろうとその姓を口にしなかった。

深く頭を下げると、青年が「ファティアね」と繰り返すようにその名を呼んだ。

「俺の名前はライオネル・リーディナント。ライオネルでいいよ」

「ライオ、ネル様」

「様はいらない」

助けてくれた恩人に砕けた呼び方をするのはどうかと思ったものの、ここは素直に言うことを聞くべきかと、ファティアは「ライオネルさん」と呼び直した。

「うん。その方がいい。……それで、ファティアはあのトランクを持ってどこから来たの？　街の人間じゃないよね？」

ファティアが訪れた街の外れは、レアルの中で唯一、治安が著しく悪いといわれている場所だ。街に住む人間が一人で、しかも若い女性ならことさら行くはずがないと、ライオネルに聞かされた。

それを知らなかったことを理由にどこから来たのかと問うライオネルに、ファティアは口を開いた。

「ザヤード領です」

「……服の汚れとか靴のすり減り方から察するに、まさか徒歩で？」

「はっ、はい！　その、歩いて観光に……！」

「……」

（私の馬鹿！　歩いて観光は流石に……）

ライオネルのぽかんとした顔に、ファティアは失敗したと背中に冷や汗が流れた。

ザヤード領から、ここベルム領までは、馬車か馬で移動するのが一般的だ。若い女性が一人で歩いてくるなんて余程のことがないと有り得ない。

それこそファティアの身なりがきちんとしているなら、観光に来たというのも有り得る話だったが。ファティアの姿は誰が見ても家出少女にしか見えないだろう。

しかし、ファティアは家を追い出された、ということをライオネルに言うつもりはなかった。男たちから助けてくれ、家にまで運んで寝かせてもらい、温かいコーヒーまで入れてくれるような、そんな善い人――ライオネルに、ファティアは余計な心配をかけたくなかったのだ。

(……って、あれ？　ちょっと待って？)

ふと違和感に気が付く。ファティアは自身の服を見ると、不思議な気持ちで瞬きを繰り返した。

「あの、ライオネルさん。私ってどれくらい寝てましたか？」

「四時間程度だよ」

「……その間に、服が自然乾燥した、ということですか……？」

途中で雨が上がったとはいえ、ファティアの着ていたワンピースは滴るくらいに濡れていた。だというのに、ワンピースはからっと乾き、布団が湿っている様子もない。

ファティアの疑問に、ライオネルはしれっと答える。

「風魔法で水を飛ばした。髪の毛も乾いてるはず」

「言われてみれば……！　髪の毛も濡れてませんね！　ってそうじゃない……！　そういえばライオネルさん、さっきも魔法を使ってました、よね？」

「ああ、うん。言ってなかったよね。魔術師なんだ」

「魔術師……！」

　ここメルキア王国で魔術師と名乗れる者はそう多くない。

　国家最難関の試験を受け、それに合格した者しか魔術師とは名乗れないのである。

　魔術師になれば将来は安泰でエリートコースまっしぐらだとロレッタが話していたのを、ファティアは聞いたことがあった。

「凄いお方だったんですね……」

「そんなことない。厳密には元魔術師だから」

（元……？）

　引っかかりを覚えたものの、深く聞くような間柄ではないのでファティアは詮索することなく、冷めてしまう前にコーヒーをごくごくと飲む。

　飲み終えてカップを胸の前あたりで両手で持っていると、ライオネルも飲み干したようだった。

　そんなライオネルは立ち上がると、ファティアの手からカップをするりと奪って、テーブルに静かに置いて、口を開く。

「俺の話は一旦おしまい」

そう言ったライオネルは、ファティアのエメラルドグリーンの瞳をじっと見つめながら、ゆっくりと歩く。

ベッドに片膝を乗せ、ファティアの体の両側に両手をついたライオネルはずい、と顔を近付けてきた。

「――ファティア、君は何者？　その体から漏れ出している魔力は何？」

「……？　漏れ出してる……？」

言っている意味が理解できないファティアはオウム返しになってしまうと同時に、すぐそこにあるライオネルの顔を見て咄嗟に息を止めた。

何だか、自分の息が目の前の端正なライオネルの顔にかかってしまうのが申し訳なかったからだ。

「こら、息は止めなくていいから答えて」

「ふぎっ」

筋張った大きな右手で、両頬をふに、と挟まれたファティアの口からは何とも言えない声が漏れる。

気恥ずかしくて視線をそろりと逸らすファティアに、何か後ろ暗いことでもあるのかといったように、ライオネルはより一層顔を近付けた。

「ねぇ、ファティアは何者？」

「〜〜っ、とりあえず！　顔！　近い！　ので！　離れてください!!」

「！　……ああ、ごめん」

目を覚ましてから一番張り上げられたファティアの声に、ライオネルは、すす……と顔を離すと、元々座っていた椅子へと腰を下ろす。

ファティアは心臓に悪い……と内心思いながらも、離れてくれたライオネルのおかげで冷静さを取り戻した。

「あの、魔力が漏れ出していると言われても、何が何だか……」

「……自覚ないの？」

「全くないです。そもそも私は、聖女の力が使えなくなった元聖女なので魔力なんてあるはず……あ」

「元聖女……？」

（あああ!!　つい……！）

明らかに狼狽するファティアに、ライオネルは目を見開いた。

ファティアが聖女の力に目覚めたのがおよそ一年前。

院長にその治癒魔法を使っているところを見られたのと、自身が聖女だと自覚したのはほぼ同時期だ。

しかしファティアは養女になるまで、六歳からずっと孤児院で暮らしており、あまり外の話が入ってこなかったので『聖女』の重要性を理解していなかった。

ただ、ザヤード子爵に引き取られるとき。

『院長、聖女が現れたことはここだけの話だ』

『ええ、ええ。分かっております。これだけの身請け金をいただいたのですから、約束は守ります。国に知られたら、孤児のファティアなんて無償で引き渡せという話になるやもしれませんし。こちらとしても有り難い話です』

――そんな会話を聞いたファティアは、自身が聖女、厳密には『元聖女』だということも、言わない方がいいのかもしれないと思っていたのだ。

いくらファティアでも、治癒魔法が稀有な能力だということは分かる。

国の中枢が手に入れたいと思うのも想像に容易かった。

ザヤード子爵がいつか力が回復するかもしれないと、しばらく力が無くなったファティアを家に置いていたことからも、裏付けされている。

もしかしたら、国の中枢に自身の力を示せば、丁重な扱いを受けられるかもしれないが、一様にそうとも限らない。

ザヤード子爵家から声が掛からなければ、ファティアは何の権力も持たない孤児だ。軽んじられ、力を搾取される可能性だって十分に考えられたのだ。

『元聖女』になった今、搾取される力もないわけだが、何か実験のようなものに付き合わされる可能性だってないわけじゃない。

——だというのに。

「ファティアが元聖女……なるほど……」

気を抜いていたからか、つい口が滑ってしまったファティアが後悔しても時既に遅し。

元聖女であることはしっかりとライオネルの耳に届いてしまったようだった。

「えっと、あの、その……！」

「体内から漏れ出すほど魔力量が多い子は見たことがないけど、元聖女なら合点がいく」

「多いなんて……そんなはずは……」

赤子でさえほんの少しの魔力を宿していることは、この世界の常識だ。

しかし、自分でその魔力を感じ取れない者が人口の九十九パーセントで、残った一パーセントだけが魔力が体内にあることを感じ取ることができる。

そういった者が魔力を練り上げ、魔法に変換することで、様々な魔法が扱えるようになるのだ。

因みに魔術師には、その一パーセントの中でも多い魔力量や才能を持った人間しかなることはできない。

そんな魔術師のライオネル（厳密には元、だが）曰く、ファティアの魔力量は漏れ出すほどに多いのだという。

治癒魔法が使えなくなったので、魔力が無くなってしまったのかと思っていたファティアは耳を疑った。

「凄い魔力量だよ。もしかしたら全盛期の俺も負けるかも」

「けれど私はもう……聖女の力は使えないんです。魔力とか聖属性魔法とか、そもそも聖女が何なのか、そういうことも全然分からなくて……多いと言われても……」

「……」

うーんと考える素振りをするライオネル。

ファティアは気まずい空気の中で次の言葉を黙って待っていると、ライオネルが「それなら」と呟いた。

「俺が教えてあげる。魔力とか魔法について。聖女についても知ってることは教えるよ」

「いいんですか……っ？」

「うん。基本的にはこの家で暇してるし。……ってなわけで、これからよろしく」

「よろしく……？」

何に対してのよろしくなのかが分からず、ファティアは小首を傾げる。

ライオネルはそんなファティアの様子に気が付くと「ごめん、説明が足りなかった」と抑揚のない声で言う。

「ファティアは観光に来たんでしょ？　宿代が浮くからしばらくここに泊まったらいいよ」

住む場所が確保されれば、あとは職場を探すだけだ。住み込みの職場が見つかるまでお世話になれるのならば、こんな良い話はないけれど。

「流石にそこまでお世話になるわけには……っ」

「ああ、もしかして俺がファティアに手を出すかもって思ってる？」

「手……？　て……て……手⁉」

「ははっ、てててって、何」

若い男女が同じ屋根の下。手を出すといえば、ファティアが数時間前に危機に陥った状況のことを指すわけだが、ライオネルに関してはそういうことを一切警戒していなかった。

熱は下がったはずだというのに、ファティアの顔は火が付いたように熱くなる。

「心配しなくても変なことはしないよ。誓っていい」

「そこはあまり心配してなかったのですが……」

「そうなの？」

「はい」

(だってこんな格好良くて、元魔術師だった人が私なんかにそういう気を起こすはずないもの)

ファティアは美しいエメラルドグリーンの大きな瞳にくるんとカールした長いまつ毛、小さな鼻に小ぶりでぷっくりとした形の良い唇、顔も小さく——所謂美人の部類に入る顔立ちをしている。

しかし孤児院時代から満足のいく食事を取っていなかったことに加えて、ここ数日の野草と雨水のみを口にする生活で体はよりやせ細り、ガサガサとした肌になり、髪の毛もキシキシに軋むようになり、美しさは影を潜めていた。

「まあ、それならいいけど」

「けどその……本当にいいんでしょうか？　お世話になってしまっ――」

――コトン。

ファティアの言葉を掻き消したのは何かが落ちる音だった。

ファティアとライオネルが揃って音がしたキッチンの方を振り向くと、林檎が床に落ちていた。

（林檎だ……美味しそう……）

男たちに襲われそうになったり、熱で倒れたり、知らない部屋で寝ていたりなどなど。

この短時間に色々なことがあったものの、赤く熟した林檎に、ファティアはここ数日常に空腹だったことを思い出した。

「……食べる？」

「えっ」

「じっと見てるから。もしかしてお腹空いてる？」

そう言ってライオネルは立ち上がると、林檎を拾うだけでなく、キッチンに行って大きな袋を手に取り、戻ってきた。助けてくれたときに持っていた袋と同じだろうか。

袋を広げて中身を見えるようにすると、ファティアの前にずいと差し出した。

「落ちた林檎はあとで洗うとして、先にどれか食べる？　まだ林檎はあるし、他にもそのままで食べられるものばっかりだよ」

「……食べ物までいただくなんて……」

「俺も食べるから一緒に食べよう。あまらせてもあれだし。ね」

「……っ、ありがとう……ございます……!!」

空腹を意識してしまったが最後、目の前に食べ物があるのに我慢なんてできるはずもなく、ファティアは袋にそっと手を伸ばす。

林檎にチーズ、パンにハム、ドライフルーツなど。ライオネルが言うようにそのままで食べられるものばかりである。

「では、パンをいただいても……？」

「うん。どうぞ召し上がれ」

――ぱっくん。もぐもぐ。

腐ってもいない、ロレッタの食べかけでもない、薬草の苦味もない。

空腹も相まってか、何の変哲もないパンがこの世で一番美味しいと思いながら、ファティアは貪るように食べる。

美味しさやライオネルの優しさに目頭が熱くなるが、ファティアはここで泣いたら心配をかけてしまうと必死に耐えた。

「美味しい……美味しいです……っ」

「……。他のもあるし、お腹いっぱいになるまで食べな。飲み物も入れてくる」

それから温かいミルクまで入れてもらい、ライオネルと一緒に林檎を食べた。

そのままでも食べられる食料ばかりを買っていたことや、むいてくれた林檎が歪な形をしていたこと、使用感のないキッチンから、ライオネルは普段料理はしないのだろうと悟ったファティア。

頭を下げながらご馳走さまでしたとライオネルに告げると、続けざまに口を開いた。

「失礼ですが……ライオネルさんは普段お料理は？」

「全く。買ってきたものをそのまま食べてる」

「なるほど……。その、本当にお世話になってもいいのでしたら、料理でお役に立てるかもしれません」

「！　本当？　俺全くできないから凄く助かる」

「は、はい！　お任せください……っ！」

孤児院生活が長いファティアは家事を一通り完璧にこなせる。洗濯だって掃除だって朝飯前だが、そのあたりはおいおい決めるとして。

ファティアは少しふらつきながらもベッドを下りると、ひんやりとする床に足をつけて姿勢を正し、深く頭を下げた。

「少しの間、お世話になります。住み込みで働けるところを見つけたらすぐに出ていきますので！」

「……。観光じゃなかったの？」

「あっ……！　その！　レアルの街を見たらしばらく働いて住んでみようかと思ったんです！」

「……。あんな目にあったのに？」

「ハッ!!　いやその！　街の外れ以外は治安が良い街ですし!!」

「ふぅん」

含みのある「ふぅん」だった。

顔を少し上げてちらりとライオネルを視界に捉えれば、少し気だるげな垂れた目でじーっと見られている。

(絶対怪しまれてるよね……何で観光なんて言っちゃったんだろ)

家を追い出されたことを隠すにしても、仕事を探しに来たと伝えておけばよかったものを。

ファティアが窺うような瞳を向けると、ライオネルは片側の口角を少しだけ上げた。

「分かった。そういうことにしておこうか、とりあえず」

「……」

「いつか話せるときが来たら話してね」

「すみません……ありがとうございます」

（嘘をついてるのは分かってるのに詮索しないでくれるんだ……何て優しいの……）

とはいえ、いくら何でも優しすぎる。相当な世話好きなのか、お人好しなのか。

どちらにせよ、ライオネルという人間が優しすぎて損をするのではないかと心配になってくる。

「私が言うのもあれですが、いつもこうやって人助けを？」

「襲われそうな子を助けたことはあっても、泊まっていいよって言ったことはないかな」

「……！　じゃあ、どうして……」

「かなり訳ありそうだし……あと……元魔術師として元聖女は放っておけなかったから、かな。元、仲間だし」

「元、仲間……」

天然なのか、少しずれた回答だったが納得したファティアは「分かりました」と返事をすると、これからの生活に頭を切り替える。

「あの、ライオネルさん」

共に暮らすにあたってのルールなど話しておいた方がいいことは沢山あるだろう。

そう思ってファティアが声を掛けたときだった。

「……うっ」

「ライオネルさん……？」

突然苦しむようにして蹲《うずくま》ったライオネルに、ファティアは膝を折って顔を覗き込む。

真っ青な顔色、額には大量の汗を掻き、何だか呼吸もしづらそうにしている。

これは只事ではない、どうにかしなければと思うものの、ライオネルのことは何も知らないため、下手に動けない。

「ライオネルさん！　大丈夫ですか……っ！」

「だい、じょ……ぶ、寝れば……治る、し、慣れてる、から」

「慣れてるって……」

（こんなとき、聖女の力があれば……）

そうは思っても、淡い光の粒が出てくることはない。

その反対に、ライオネルの体が黒い闇のような粒を纏い始め、それに気付いたファティアが目を見開いた瞬間、ライオネルはカクンと意識を失ったのだった。

第4章　『元聖女』は『元天才魔術師』の秘密を知る

意識を失ったライオネルを、ファティアは必死にベッドへと寝かせた。

家主であり、苦しんでいるライオネルをそのまま床で寝かせておくことなんてできなかった。

「どうしよう……どうしたら……」

医術の心得なんてあるはずもなく、都合よく聖女の力が復活するなんてこともなかった。

聖女の力を使うときはお腹がかあっと熱くなる感覚があったのだが、どれだけ意識してもその感覚は訪れない。

ライオネルが纏っている黒い闇のような粒は消えることなく、嫌な感じはするものの、なすすべはなかった。

「ん……んぅ」

「ライオネルさん……っ!?」

約一時間が経った頃、ライオネルは痛みに顔を歪めて意識を取り戻した。

ずっと傍にいたファティアは「大丈夫ですか!?」と声を掛けるものの、返ってくるのは唸り声ばかりだ。

相当苦しいようで、手足をバタバタとさせている。

「少し待っていてください……！」

今できることといったら、悶え苦しむライオネルの汗を拭いてあげることくらいだ。

せめてそれだけは、とライオネルには申し訳ないがタオルを探すべく部屋を物色しようとしたそのとき。

「ファ、ティ……ア」

「はい……っ、何ですか、ライオネルさん！　私は何をしたらいいですか……っ」

少しだけ苦しみがマシになったのか、名前を呼ばれたファティアはライオネルの顔を覗き込む。

「大丈夫、だから、ここに居て」

「居ます……！　ここに居ますから……！」

ファティアはベッドサイドに膝をついて、咄嗟にライオネルの右手をギュッと掴む。体調が悪いときは人肌が恋しいだろうと思ったからである。

少しだけ微笑んでから、再び話せないくらいに悶え苦しみだしたライオネルの手を、ファティアはずっと握り続けた。

◆◆◆

「ん……」

カーテンを閉めていなかったためか、眩しいほどの朝日が部屋に差し込む。

膝立ちのまま、腕を枕代わりにベッドにもたれかかるようにして眠っていたファティアは、その光で目覚めた。

落ちてくる瞼に必死に抗って目を開く。

「あれ……？　……私……」

ファティアがライオネルに連れてこられて目を覚ましたのは夕方だった。それから比較的すぐにライオネルは倒れた。

朝日が差しているということは、およそ半日は時が過ぎたらしい。

ファティアが眠ったのはライオネルが倒れてから四、五時間経った頃だろうか。

悶え苦しむほどの痛みが落ち着き、ライオネルが眠りについたのがちょうどその頃だった。

「ん……眩しい……」

「……！　ライオネルさん、大丈夫ですか……？」

寝転んだまま顔だけを横に向けたライオネルの顔は元の綺麗な肌色に戻っていて、青みはない。

汗で前髪が張り付いていて、寝起きだからか少し声が掠れているのも色っぽい……とファティアは思ったものの、口に出すことはなかった。

「もう朝……？」

「はい。おはようございます。お加減はいかがですか……？」

「うん。平気……あっ」

「え？」

何かを思い出したように声を上げるライオネルの視線は、繋がれた手を見ている。

ファティアは慌ててその手を離した。

「すみません……！　その、心配で……」

「ずっと握っててくれたの？」

「……はい。それくらいしか、できなくて」

「もしかして、俺がここに居てって言ったから？」

「はい。勝手にタオルやお水を準備させてもらおうかと思ったんですけど、私なんかでも傍に居たら多少紛れるのかと」

「そういうこと……」

ライオネルとしては、勝手に家を出ていかないでという意味だったのだが、うまく伝わらなかったらしい。

結果としてファティアが家に留まっているので、わざわざそれを言うことはしなかったが。

「痛みもなくなったし、起きるよ」

「あ、はい」

ゆっくりとした動きで上半身を起こすライオネル。

目線が高くなったのでファティアを見下ろせば、膝を床についた体勢に気が付いた。

「もしかしてずっとその体勢だったの」

「はい」

「……そっか」

傍にいるため、手を握るために、ファティアが何時間も膝立ちの体勢でいたことは想像に容易い。

ライオネルは急いでベッドから下りると、「ごめんね」とだけ言ってファティアの両脇の下に手を入れた。

「へっ⁉」

何事かと驚くファティアをとりあえず無視して、ライオネルはそのまま、数歩先にある黒いソファに優しく下ろす。

顔を真っ赤にしてパクパクと口を開いたり閉じたりを繰り返すファティアの前にライオネルは腰を折って、ずいと顔を近付けた。

「膝、痛いよね。ごめん」

「い、いえ！　謝らないでください……！」

「……。ファティアは良い子だ。ありがとう」

「……！」

ぽん、と優しく頭の上に手を置かれたファティアは、じんわりと胸が温かくなるのを実感する。

孤児院の子供たちに感謝されて以来、ありがとうと言われたことなんて久しくなかったファティアは、咄嗟のことで止められなかった。

「あ……っ」

「……！」

——つぅ、と一筋涙が零れ、顎を伝う。

「……どうした？　どこか痛い？　それとも俺に触られるの嫌だった？」

「こ、これは目にゴミが入って……！　大丈夫、ですので」

「……本当に？　何か理由があるんじゃないの」

「ゴミですよ……すみません、ご心配をおかけして」

今まで何度も涙を堪えてきたというのに、ライオネルの前だと気が緩んでしまうのだろうか。

心配をかけまいと嘘をついたファティアに対して、ライオネルは「そう」と言うと引き下がる。

感謝されたことで涙が出てきたなんて言ったら、どんな生活をしてきたのだと心配をさせてしまうだろうと思っていたので、ファティアには有り難かった。

「っ、そういえば！」

涙を手で雑に拭ったファティアは、気まずい空気に耐えられず話を切り替える。

「昨日みたいに体調を崩すことってよくあるんですか……？　慣れてるって言ってましたけど……」

昨日のライオネルは尋常ではない苦しみ方だった。

時折苦痛で意識を失うなんて、折檻を受けたことがあるファティアにだって想像が付かない。

ファティアの質問にライオネルは少し考えるような素振りを見せてから、形の良い唇をゆっくり動かした。

「半年ぐらい前からかな。俺、『呪い』にかかってるんだ」

「『呪い』!?」

さらりと言ってのけるライオネルに、ファティアは驚きでソファからずり落ちた。

孤児院に居た頃、風邪を引くと『呪い』だと言われていたけれど、あれは一種の脅し文句のようなものだと理解していたファティアだったが、まさかライオネルの口から『呪い』という言葉を聞くことになるとは夢にも思わなかった。

『呪い』がどういうものなのか皆目見当も付かないファティアは、ソファからずり落ちたまま詳細を聞こうとすると、ライオネルから待てがかかった。

「長くなるから、先にご飯にしない？　あ、その前に風呂の方がいいか」

「それなら私が先に朝食の準備を……」

「だめ。先にファティアが入りな。昨日は雨に濡れたし、温まらないと風邪がぶり返すよ」

「……では、お言葉に甘えて」

お世話になると決めた以上、風邪が悪化しては迷惑をかけてしまう。

ここは素直に甘えておこうと、ファティアはトランクから着替えを取り出してお風呂場へと向かう。人一人が座って足を伸ばしても寛げる大きな浴槽に浸かり、体を癒やした。

それから体も洗い、風呂場を出ると、交代でライオネルが入る。

（ああ……気持ち良かった）

母と暮らしていた頃も貧しかったので水浴びしかしたことがなく、孤児院でも浴槽にたっぷりのお湯が入ったお風呂なんて経験をしたことがなかった。王族や貴族や、一部の金持ちの平民以外はそもそも浴槽を見たこともないだろう。

ザヤード子爵に引き取られてから、治癒魔法が使えた五日間だけはお風呂に入るという経験をしたファティアだったが、今日のお風呂はあのときよりも気持ちが良かった。

肌寒い季節というのももちろんだが、ライオネルの優しさが身に沁みたからだろうか。

「ライオネルさん、ご飯ができました」

先にお風呂をいただいたので、ライオネルがお風呂に入っている間、朝食の準備をしていたファティア。

事前に家のものは好きに使ってもいいと言われていたので、ファティアは数少ない食材で朝食をこしらえた。

料理をしないと言っていた割には片手鍋や深鍋の用意があったので助かった。

調理器具がないと、また食料をそのまま食べるしかなかったのだから。

「凄い……ちゃんとしたご飯だ……」

「パンにチーズを挟んで、焼いたハムを添えました。それと、玉ねぎとベーコンのスープです。ぱぱっと作ったので簡単なものですみません」

「全然。全然、全然そんなことない」

（全然って三回も言った……）

テーブルの上にある朝食を見るライオネルの目はキラキラと光っているように見える。まるでご馳走を前にした子供のようだ。

「可愛い……」

「え？」

「え!?　私、口に出してました!?」

「うん。俺よりファティアの方が可愛いよ」

「……!?」

思わぬ言葉にファティアは狼狽して目を白黒させた。

母と孤児院の子供たち以外に可愛いなんて言われたことがなかったから。

社交辞令だということは分かっていても、ライオネルのような整った顔立ちの男性に可愛いと言われて、心臓がドクリと跳ねないわけがなかった。

「あ、ファティアちょっとおいで」

「？　はい」

飲み物も準備しなくては、とキッチンの奥に行こうとしたときだった。

ライオネルにちょいちょい、と手招きをされたファティアは、パタパタとライオネルの元へ小走りで向かう。

「どうしました？」

「まだ髪の毛が濡れてるから、乾かしてあげる」

そう言って、ライオネルは自身よりも二十センチ以上低いファティアの頭に手をかざした。

次の瞬間、ぶわんと温かい風がファティアのセミロングの髪を揺らし、ものの数秒で乾かしたのだった。

ファティアは自身のライトグレーの髪の毛先を摘みながら、感嘆の声を漏らす。

「凄いです……！　今のも魔法ですか？」

「うん。風と火の魔法を同時に使ったんだ」

「魔法も、ライオネルさんも凄いです……!!」

「ふぁ～」やら「ほぉ～」やら、声を漏らしながら未だに驚きで感動しているファティアに、ライオネルはクスッと笑みを零した。

「……？　何かおかしなことでも？」

「……いや、幼い頃から魔法が使える人が周りに多かったから、新鮮な反応だなって思っただけだよ」

「なる、ほど……そうでしたか」

「うん。さ、冷める前に食べようか」

孤児院で院長や来客に紅茶のもてなしをしていたファティアは、そのあたりも完璧だったので、手慣れた手付きで紅茶を入れる。

二人で揃っていただきますと言ってから食べ始め、再び瞳をキラキラと光らせたのはライオネルだった。

「美味い。家でこんなに美味しいものを食べられるなんて思わなかった」

「それは良かったです……！　住まわせていただいている間は、食事のことはお任せください！」

「うん。よろしく。おかわりある？」

「はい……！」

ライオネルの前にある皿を見れば、もうすっからかんだった。

文字通りぺろりだったらしい。ファティアは嬉しい……と頬を綻ばせながら、余分に作っていたスープを追加し、その間にパンも焼いていく。

追加の朝食も凄い勢いで食べるライオネルは、見たところかなり健啖家らしい。

改めてライオネルを観察すればそれなりに体格が良いので不思議ではない。

男性の平均身長よりも十センチ以上は上背があり、肩幅もしっかりしている。筋肉隆々ではないが、着替えた黒いシャツの上からでも胸板はやや厚いように思う。

騎士とは違い、魔術師は比較的ひょろっとした体格のイメージがあったが、人それぞれなんだなと思いながら、ファティアはライオネルの食べっぷりに喜びを感じつつ、自分も口と手を動かした。

「……それで、ライオネルさん、『呪い』って一体……」

ご馳走さまでしたと言いながら満足そうにしているライオネルに、ファティアはそう問いかける。

「次のご飯が楽しみ」と言ってくれる彼に、昼食は何を作ろうかと思案する前に、『呪い』についての話を聞いておかなければと思ったのだった。

「あーうん。『呪い』ね。どこから話せばいいかな」

食後のブラックコーヒーもごくごくと飲み干したライオネルは、椅子にもたれかかるようにして座り直す。

当初は「うーん」と悩んでいたが、悩むのに疲れたのか「まあいいや」と言ってから口を開いた。

「魔導具って知ってる？」

「聞いたことはありますが詳細は……」

「魔導具っていうのはね、魔術師が魔法を使うときの補助として使用することが多いんだ。例えば魔法の威力を上げたり、魔力の消費を抑えたりね。その他にも色々あるけど、まあそれは一旦置いておいて」

「なるほど」

「で、魔導具の中には『呪詛《じゅそ》魔導具』っていうのもあって。これはその魔導具を使った者に何かしらの『呪い』をかけるんだけど」

「……！」

他人事のようにさらっと言ってのけるが、この話の流れでいくと、ライオネルがその呪詛魔導具を使用したということで間違いない。

ファティアは固唾を呑んだ。

「詳細は割愛するけど、俺は意図せずその呪詛魔導具を使って『呪い』にかかったってこと。半年くらい前だったかな。これはさっきも言ったか」

「……じゃあ、ライオネルさんは半年くらい前から『呪い』の影響で昨日みたいに苦しんでいるってことですか……？」

そうだとしたら、どれだけ辛かっただろう。ファティアは無意識に悲しみで眉尻を下げた。

「常にってわけじゃないから大丈夫だよ。どういうときに『呪い』が発動するかはもう分かってるし。それに一つ、良い報告がある」

「良い報告……？」

ファティアの表情に少しだけ穏やかな色が差した。それと同時に、ライオネルはコクリと頷いた。

「昨日は今までで一番痛みもマシだったし、痛みが出る時間も短かったんだよね。多分ファティアの漏れ出してる魔力が関係してると思うんだけど」

◆◆◆

昨日のこと。

レアルに買い物に行ったとき、街の外れから感じる強い魔力にライオネルは意識を奪われていた。

(魔術師のものじゃ……ない)

国家試験を通った魔術師の魔力を全て把握しており、かつ息を吸うように自然と高精度の魔力探知ができるライオネルが間違えるはずはなかった。

とすれば、この魔力は一般人のものとしか考えられない。

一般人にも微弱な魔法ならば使える者はいるが、何だか今までにない違和感がある。

(とりあえず行ってみようか)

そうして買い物を済ませたライオネルが出会ったのは、今にも男たちに襲われそうな少女――ファティアだった。

ボロボロでずぶ濡れの服、やせ細った体。そんなファティアから魔力が漏れ出しているのは一目瞭然だが、ファティアは魔法で抵抗することはなかった。

この状況で魔法の出し惜しみをすることは考えられないので、おそらく魔力はあるが魔法は使えないのだろうとライオネルは考えた。

兎にも角にも助けなければと、ライオネルは魔法を使ってファティアを救い出した。

それから漏れ出した魔力について話を聞こうと思っていた矢先、ファティアが倒れたので、状況から鑑みて頼れる人間がいないのではないかと考え、ライオネルは家に連れ帰った。

街の憲兵に保護を頼むことも頭を過ったが、どうも漏れ出した魔力が気がかりだったのだ。

目覚めたファティアは腰が低い少女だった。

そんなファティアにどこから来たのか問えば、観光のために歩いてザヤード領から来たのだという。

通常は馬か馬車で移動する距離を、観光のためにボロボロになって歩いてくるとは考えられず、何か訳ありなのだと確信を持ったライオネル。

出会ったばかりで野暮だろうと深くは聞かず、魔力が漏れ出していることを尋ねれば。

『……？　漏れ出してる……？』

どうやら全く自覚はないらしく、もう少し聞けば『元聖女』らしい。

聖女の力が使えなくなったことは解せなかったが、聖女に対してそれなりの知識を持っていたライオネルは、魔力が漏れ出していることについてはなるほどと納得した。

聖女は膨大な魔力量を誇るといわれているからである。

しかしファティアは聖女はおろか、魔力や魔法の知識がないらしい。

ボロボロの姿で一人でザヤード領から歩いてベルム領に来たのだから、一般家庭でぬくぬくと育ち、十分な教育を受けたとは考えづらいので、ライオネルはこの家にしばらく住むよう提案した。

自分ならばファティアの知りたいことを教えられる。『元聖女』だというファティアを一時的にでも保護しておいた方がいいかもしれないと考えたからだ。

——それに。

『美味しい……美味しいです……っ』

そう言って、必死に泣くのを堪えながら特別でも何でもないただのパンを貪るように食べていた姿に、ライオネルは放っておけないと思ったのだ。

相当辛い目にあったのだろうという同情がほとんどだったが、心の奥に少しだけ、ざわざわとした感じを覚えたことも確かだった。

ありがとう、と伝えただけで、一筋の涙を流したファティアに対しても、何故か心が疼いて、またざわざわとした感覚があった。

この感覚の名前が何か、ライオネルはまだ深く考えなかった。

◆◆◆

『昨日は今までで一番痛みもマシだったし、痛みが出る時間も短かったんだよね。多分ファティアの漏れ出してる魔力が関係してると思うんだけど』

そう言ったライオネルに、ファティアはそんなはずはないと頭《かぶり》を振った。

何故ならファティアは、かれこれ一年は治癒魔法が使えないのだから。

「うん。だからこれは推測なんだけど……魔法に変換する前の魔力にも聖女の力があるのかもしれない」

「……へん、かん？」

まず大前提として分からないことが多すぎて小首を傾げるファティアに、ライオネルは「そういえば魔力とか魔法とかの知識がないって言ってたね」と思い出したように話す。

ファティアがすみません……と申し訳なさげに頭を下げると、ライオネルは「知らないのは仕方ないよ」と優しい言葉をかけてから、説明を始めた。

「つまり、魔力を練り上げることで初めて魔法になると」

「そう」

「それで仮説が、聖女の力——治癒魔法が使えなくても、漏れ出す魔力にも聖女の力が含まれている可能性があって、ライオネルさんの『呪い』による体の苦痛を和らげた、ということですか？」

「うん、そういうこと」

魔力とか魔法の関係性については理解できた。それにライオネルの仮説も理解はできたファティアだったが、その仮説はどうにも信じがたかった。

いつから魔力が漏れ出しているかなんて分からないが、ファティアは今まで一度だって、傍に居るだけで痛みが和らいだとか、怪我が良くなった、なんてことは言われたことがなかったからだ。

一度目の治癒魔法は偶然発動したものだったが、二回目からは無意識にお腹のあたりにある魔力を練り上げて（今思えばお腹がかあっと熱くなる感覚が練り上げている感覚なのだろう）意図的に治癒魔法を使っていたのだから。

それを口にすると、ライオネルは「説明が足りなかった」と言いながら顎に手をやる。

「魔力に干渉するには、対象に触れないといけないんだ。ファティアは手を握ってくれたから」

「！　なるほど。……けれどそんなこと、有り得るのですか？」

「魔力の流れを見た限り、ファティアは魔力が多すぎて上手く魔力が練れてない。だから魔法が発動しないんだと思うよ。何が影響で使えなくなったかは分からないけど、一度でも治癒魔法が使えて、まだ魔力があるなら、聖女の力が無くなったわけじゃない。だから、魔力に聖女の力が含まれていても何ら不思議ではない。まあ、全て仮説だけど」

しかしライオネルの言うことは筋が通っている。

約一年前、ファティアは治癒魔法が使えたとき、今思えば魔力が練れていた。

けれどザヤード子爵家に行って五日目に、魔力を練る感覚が無くなり、治癒魔法が発動しなくなった。

そこからファティアは『元聖女』と呼ばれるようになったのだ。

「それで、ここからは提案なんだけど」

「？」

「ファティアの魔力にもう一度干渉して、聖女の力が含まれているかを検証したい」

「……それってつまり」

「ああ、ごめん。……言ってる間に、始まっ、た、かもしれない」

「え――」

不吉な言葉を呟いたライオネルはその瞬間、シャツの胸あたりを握り締めると呻き声を上げた。

「ライオネルさん……っ！　まさか本当に『呪い』が……っ！」

「う、ん、……ぐぁっ……おれ、魔法を使うと、そのあとに、『呪い』が……っ、はつ、どう、するんだ。けど、時間はいつも、バラバラ、で」

「それって……!!」

朝食を食べ始める少し前のことをファティアは思い出し、さあっと顔が青くなった。

風と火の魔法を同時に使った、とライオネルが言っていたことを思い出したからである。

『呪い』が発動するのを恐れる様子もない姿から察するに、おそらくあのときから仮説を検証するつもりでいたのだろう。

何て無茶を……とファティアは思ったが、辛そうなライオネルを目の前にしてそんなことを考えている場合ではない。

「ライオネルさん……っ、今ならまだベッドに行けますか⁉　手伝いますから……！」

「ん……っ」

今にも折れてしまいそうな細い腕でも、支えがないよりはマシだろう。ファティアはライオネルを支えてベッドに連れて行くと、横になったライオネルの手をギュッと握り締めた。

どうか、仮説が当たっていてほしい。少しでも苦しむ時間を短く、そして痛みを和らげてあげられたら、と心の底から願いながら。

――それから数時間後。

「……うん、やっぱりいつもより痛くなかったし、時間も短い」

「もう！　いくら検証のためでもわざと『呪い』を発動するような真似はやめてください……っ！」

泣きそうな顔で懇願するファティアに、ライオネルは「ごめん」とポツリと呟いた。

ライオネルにそれ以上説教をするなんて、ファティアにはできなかった。

居候になる上、魔法や魔力についても教えてもらうのだ。

それでも我慢できずに「無茶しないでください……」とだけ伝えれば、ライオネルの手がぐっとファティアの頭に伸ばされる。

「ありがとう。良い子だね」

「……っ」

今回はありがとうと言われた嬉しさよりも、ライオネルに頭を撫でられている気恥ずかしさが勝って気まずくなる。

（ライオネルさん、結構スキンシップが多い……！　いちいちドキドキしてたら身が持たない……！）

早く慣れなければ……とファティアは意気込むと同時に、もうすっかり元気になってソファに座るライオネルの前で背筋を伸ばした。

お腹が空いたと言うライオネルの昼食を準備する前に、ファティアには言っておかなければいけないことがあった。

「魔法を使ったら『呪い』が発動するのに……昨日は助けていただき本当にありがとうございました……！」

「……。うん。俺も、手を握っててくれてありがとう」

「ライオネルさん……」

見た目が格好良くて、（自称）元魔術師で魔法が扱えて、物腰が柔らかく、ありがとうと言ってくれるライオネルにファティアは胸がきゅんっとなるが、ぶんぶんと頭を振る。

（だめだめ……好意で泊めてくださる家主に、不埒な感情なんて持つべきじゃない……）

そもそもファティアは明日から食事の準備はきちんとしつつ、街に行って仕事を探さなければならないのだ。

いつまでもライオネルの家に世話になるわけにはいかない。

「そういえば、ここってどのあたりなんですか？」

ライオネルの家ということは分かっているが、何かと慌ただしい一日だったので聞きそびれていた。

ファティアの問いかけに、ライオネルは立ち上がって、窓を指さした。

――するとそこには、壮大な草原と川――しか見えなかった。

ファティアは何度も瞬きを繰り返しながら、窓の外の景色からライオネルに視線を移す。

ライオネルはニコ、と少し目を細めて微笑んだ。

「あ、あのーライオネルさん、ここって」

「レアルの中心街から馬で一時間はかかる、誰も住まないど田舎。窓から見える景色以外に目新しいものはないよ。もちろん働く場所も」

「と、いうことは……」

「観光も仕事探しもここからだと厳しいね」

しれっと言うライオネルに、ファティアは「そんな……」と呟きながら、分かりやすく頭を抱えた。

五日間歩き続けて他領に来るぐらいには根性が据わったファティアでも、馬で一時間の距離を徒歩で毎日……は流石に考えられない。しかも、それを往復だ。

馬を借りることも考えたが、そもそも一人で馬に乗ることもできないし、もし教えてもらうにしても、昔から運動能力が皆無のファティアが乗れるようになるとは思えなかった。

未だに頭を抱え続けるファティアの隣にライオネルは歩み寄ると、少し腰を折って顔を覗き込んだ。

「一つ提案があるんだけどさ」

「……何でしょう……？」

「俺の弟子にならない？」

「弟子……でし、でし、弟子……!?」

「でしでしでしでし、……って……ふっ」

（いや、笑うところじゃないんです……！）

今の状況は、ファティアにとって中々の死活問題だ。

今からこの家を出ていくとして、レアルの街に辿り着いてもお金も寝床もない。

痛い目は見ているので街の外れには行かないにしても、だから絶対に安全というわけでもない。

まだ家政婦にならない？ならば理解できたし、それならばファティアは二つ返事でお願いしますと頭を下げただろう。

（弟子……？　弟子って何……？　いや、意味は分かるんだけど）

ライオネルの考えが読めないファティアは、窺うように上目遣いをライオネルに向けた。

「さっき言ったでしょ？　ファティアの聖女の力は無くなってないって。多分修行すればまた使えるようになるよ」

「！　それは、本当ですか……？」

それが本当ならば凄いことである。

治癒魔法が使えれば、病院で働けるだろうか。それとも国に聖女だと名乗り出て、力を示せば手厚い待遇を受けられるだろうか。

――色んな考えが浮かんだが、何よりファティアが思ったのは。

（治癒魔法が使えたらライオネルさんの『呪い』による痛みがなくなるかも！　漏れ出した魔力で効果があるならきっと……！）

一時は、聖女の力が目覚めたせいで、結果として母の形見のペンダントを奪われたのかもしれない、不幸の始まりだったのかもしれないとさえ思ったファティアだったが、ライオネルに出会って、聖女の力は大きな意味を持った。

（これでライオネルさんに恩返しができる……っ！）

ファティアのエメラルドグリーンの瞳に希望の光が差す。

しかしそこで、ファティアは、はたと気が付いた。

「どういう方法で修行するんですか？　魔力が溢れ出すくらい有り余ってて、上手く練れないから魔法にならないんですよね？」

「大丈夫、やり方はいくつかあるよ。そこは安心していい。……あとはファティアのやる気次第かな」

正直今さっきまで魔法について無知だったファティアが詳細を聞いたところで、すぐに理解できるとは思えず、そこのところは任せるしかないとして。

「やる気ならありますが、本当にいいんですか？　お家に住まわせてもらった上に魔法のご指導まで……」

「ファティアほどの魔力をあまらせておくのは勿体ない。それに俺はこれでも元魔術師だし、今は暇してるし。買い物だって俺と馬で行けばいいし……これでも蓄えは十分あるから生活のことも心配しなくていいよ。弟子の面倒を見るのは師匠の務めだ。あ、けど修行しながらでも、ご飯だけはよろしく。あんなに美味しいご飯食べたら、もう前の食事には戻れない」

ご飯は本当にぱぱっと作ったものなんだけど……と思いつつも、そこまで言ってもらって悪い気などするはずもなく。

「では今日から師匠、とお呼びした方がいいですか？」

「……呼びたいなら呼んでもいいけど、修行中だけにしてね」

少し困ったように笑うライオネルに、ファティアは大きく頭を下げた。

「ではライオネルさん、今日から改めてよろしくお願いいたします！」

――この日から、ファティアとライオネルの同居生活、そして師弟関係が始まった。

「とりあえずお腹空いた」とマイペースに話すライオネルに、ファティアは慌ててキッチンへと向かうのだった。

第5章　『元聖女』は『元天才魔術師』の弟子になる

師弟関係を結んだライオネルとファティアは、昼食を取ってから様々な取り決めを交わした。

生活する上での住まいや食費、その他諸々かかる経費はライオネルが負担すること。

その代わりにファティアはできるだけ食事を準備すること。

「やっぱりこの取り決めではライオネルさんにそれほど有益じゃない気がするんですが……。私、掃除や洗濯も全てしますす。生活させていただいて、魔法も教えていただくんですから、家事全般は任せてください！　お買い物だけはお付き合いしてほしいですが……」

あまりに申し訳なさすぎてファティアはそう提案するが、ライオネルは首を縦には振らなかった。

「家政婦として雇ってるわけじゃないから」と何度も口にするライオネルに、ファティアは何故そこまで雇用関係を結びたくないのかと問いかける。

ライオネルは素早く二、三回パチパチと瞬きをしてから口を開いた。

「別に雇用関係が嫌なわけじゃないよ。俺は半年前からここで一人で暮らしてるけど、家事って大変なんだなって分かった。料理は一切してないのにそう思うんだから、全部ファティアにはさせられない。それに、そこに修行が入るんだよ？　教える俺より教わるファティアの方が体力使うでしょ。部屋は見ての通り、掃除はそれなりにできるし、洗濯は下着は自分で、それ以外は一緒にするなり日替わりでするなりしたらいい。――ファティアは、嫌？」

「いえ……！　嫌なはずはありません！」

（何て優しい人なの……）

全ての家事をファティアに丸投げしたって、ライオネルに後ろ指を指す人なんてそうは居ないはずだ。

赤の他人を家に入れ、生活費を全て出してくれて、その上魔法まで教えてくれるというのだから。

けれどこう言われてしまえば、ファティアはもう強く出られなかった。

確かに魔法の修行は未知の世界だ、家事を安請け合いして結果できませんでした、ではライオネルに対して申し訳ない。

それで体調を崩したり、修行が進まなかったら、治癒魔法が使えない『元聖女』のままだ。

――ファティアの聖女の力を復活させたいという行動原理は、ライオネルの『呪い』の苦痛をなくしてあげたいからというもの。

そこは間違えてはいけないと思ったファティアは、ライオネルの提案に同意した。

ライオネルは嬉しそうに、ニコ、と垂れた目を一層垂れさせる。

「修行は少しずつね。料理を任せてこんなこと言うのはあれだけど、ファティアは少しゆっくり生活した方がいい。いっぱい寝て、いっぱい食べて、一緒にダラダラしよう」

「ライオネルさん……」

ファティアは、自身のやせ細った手首に一瞬視線を移す。

(改めて見ると、中々酷い……)

目を背けたくなるほどやせ細った体に、ガサガサの不健康な肌は長年の虐げられてきた生活の影響だ。

一朝一夕ではどうにもならないだろうが、少しずつ、少しずつ――。

今までは生きていくことに、そして母の形見を取り戻すことに必死で自身の体は全て後回しにしてきたファティアだったが、このとき初めて自身の体を労ろうと思った。

「あっ、それと、言うの忘れてた」

「……?」

何かを思い出したように言うライオネルは、椅子から立ち上がって、部屋の端にある、緑の石が付いた金庫のようなものの前に行く。

何事だろうかとファティアが大人しく椅子に座って待っていると、ライオネルはその金庫をガチャリと開けた。

「このくらいでいいかな……」と呟きながらことを済ますと、再びテーブルを挟んだファティアの前へと腰を下ろした。

「ファティア、これ」

「何ですか……って、え!?」

あまりに慣れていないそれにファティアは一瞬何か分からなかったが、理解をすると驚きで椅子からずり落ちそうになった。

何気なしにライオネルがテーブルの上に置いたのは、貨幣だったからである。しかも中々高額の。

「ここここ、これは……!?」

「大体、百万ペリエかな。足りない？」

「足りない……!?　えっ、あ!?　へっ!?」

「ははっ、ファティア、百面相になってる」

ここメルキア王国では、パン一つ買うのに大体百ペリエが必要になる。

日常で着る服を買うのに必要なのは五百から一万ペリエくらいと、金額に幅があった。

「一応百万ペリエあれば身の回りのものとか、化粧品とか、諸々揃うかなと思ったんだけど、足りないなら増やそ――」

「待ってくださいってくださいライオネルさん!!」

「分かったから、ファティアが落ち着きなよ」

ふーふーと息を吐いて必死に自身を落ち着かせるファティアは状況を理解しなければ、と息を整える。

「まずお聞きしたいのですが、このお金はどういう……？」

「ん？　今度街に行ったときに、食材だけじゃなくてファティアの身の回りのものを揃えた方がいいかなと思って。俺が財布を持ってちゃファティアは欲しいものを言いにくいでしょ？だからこのお金は好きに使って。弟子の面倒を見るのは師匠の役目って言ったでしょ」

「だとしても多すぎます！」

縁起が悪いから持っていけと渡されたトランクの中には服と下着は入っていたが、全て汚れていたり穴が開いていたりくたびれたものばかりだ。

下着は見せないのでいいとしても、薄汚れた服は、確かにライオネルの隣に並ぶにはどうかと思うレベルだった。

安い服を新しく数着買い足すとして、できれば靴も穴が開いていないものにしたい。もちろんそれも安物でいい。

あまったお金で残りの入り用のものも揃うだろうし、ファティアは今までの境遇から嗜好品を買うだなんて発想がまるでなかった。

「一万ペリエで足りますから……！」

孤児院時代、たまに来客用に出すお茶っ葉やお菓子を買いに行かされていたファティアは、ものの値段を知っている。

必死に告げるファティアの言葉に、ライオネルは力強く「だめ」と言い返した。

「贅沢しろとは言わないけど、そこまで切り詰めなくていいから。あんまり言うこと聞かないと、俺、ファティアの買い物に口出すよ。最高級のものばっかり買っちゃうかも」

「っ……！　それは本当にやめてください!!」

「ならとりあえずこのお金渡しておくね。あまったら返してくれてもいいし貯めてもいいよ。本当にファティアの好きにしたらいい。師匠からのお小遣いね。修行、無理しない程度に頑張って」

「は、はい……！」

——そこそこのものを買って、あまったお金は全て返そう。

大金を手渡されたファティアは、その重みに手汗が止まらなかった。

（……それにしても、ここまでの大金をおいそれと渡せるなんて、ライオネルさんって一体……）

魔術師だった頃、相当お給料が良かったのだろうか。

ファティアは僅かな疑問を胸に、「明日晴れたら買い物に行こうか」と話すライオネルに、はい、と答えた。

次の日は、早朝から絶え間なく雨が降り続いていた。

街に買い物に行こうという話になっていたが、流石にこの天候では明日以降に延期しようということになり、朝食作りが終わったファティアはライオネルの向かいの席に腰掛けた。

「お待たせしました。食材が限られているので昨日とあまり代わり映えはしないメニューですが――」

「凄い美味そう……ファティア、食べてもいい？」

「あっ、はい、どうぞ」

「いただきます。――美味い。凄い美味い。ファティアは天才」

「ありがとうございます……」

むず痒くなるくらいにライオネルに料理をべた褒めされたファティアの頬は赤くなる一方だった。

孤児院に居た頃も年長者ということもあって、料理をすることが多かったファティアだったが、如何せん食材が悪かった。

それでもできる限り試行錯誤をして食べられるように作り、子供たちはそれを美味しいと言って食べてくれていた。

辛かった孤児院の生活でも、楽しかったことの一つだ。

けれど子供たちの美味しいと、ライオネルに言われるのでは感じ方が違うのだ。

「ファティア、今日もご飯を作ってくれてありがとう」

「いえ、そんな……っ、喜んでいただけて、何よりです」

ライオネルに美味しいと言われると、ありがとうと言われると、心がざわざわとする。

(だめだめ……ライオネルさんが優しい人で、私が偶然魔力が多かったから、今みたいな環境があるだけだもの)

野垂れ死んでもおかしくないような状況から、ライオネルの家に住まわせてもらい、弟子にしてもらい、料理を作れば美味しいと食べてくれて、ありがとうと言ってくれて、時折頭にぽんと置かれる手は、離れていかないでと思うほどに優しい。

ライオネルのことは未だに詳しくは知らないけれど、たった数日でも惹かれ始めている自分がいることを理解したファティアは、自身の心にそっと蓋をした。

今のうちに蓋をすれば、きっと問題はない。

――ライオネルが喜ぶような美味しい料理を作り、修行をして聖女の力を再び使えるようにすること。その力でライオネルの『呪い』の苦しみをなくすこと。それだけを考えればいいのだから。

（邪な気持ちは邪魔なだけ。そもそも、そんな余裕ないのよ、本当に！　もう少し気を引き締めましょう）

——拾ってくれた恩を返すために頑張らなければと、ファティアはフォークを置いて、両手で頬をパシン！と叩く。

ライオネルに褒められて赤くなった頬は、自らを戒めるビンタによってより真っ赤に染まる。

傍から見たら不可解な行動に、ライオネルは目を見開いて手を止めた。

「どうしたの急に」

「ちょうど虫が、両頬に……偶然……」

「……。あとで見せて。冷やした方がいいのか薬を塗った方がいいのか、確認するから。あ、これ師匠命令だから拒否権はないよ。分かった？」

「……はい」

（何で！　そんなに！　優しいの！）

こんなに優しくて甘い命令なんて、あってもいいのだろうか。

ファティアは気を引き締めると、気を緩めてしまいそうな自分にもう一度ビンタをしたくなった。

食事のあとに頬を冷やしてから、ファティアはライオネルと一緒にお皿を洗って片付ける。

二人でやるとすぐに終わったので、次は掃除でもしようかと考えているファティアに、ライオネルは声を掛けた。

「食後の休憩、するよ」

「へっ」

ライオネルに優しく手首を取られて誘われたのは、黒いソファだった。

四人掛けのソファは、背丈のあるライオネルでも横になって眠ることができるほどに大きいものだ。

——因みにそのソファは、現在はライオネルのベッド代わりになっている。

というのも、ここは一軒家ではあるが、部屋数がなかったのだ。

玄関とお風呂、洗面所やトイレは分かれているものの、寝室はなく、もちろん一人暮らしのライオネルの家には、ベッドは一つしかなかった。

ファティアの玄関で寝ますという要求は通るはずもなく、それならばせめてソファで寝るという要求も突っぱねられ、ファティアがベッドで、家主であるライオネルがソファで寝るという奇妙な状況が出来上がったのだった。

「ライオネルさん、やっぱり——」

ライオネルの隣にぽすっと腰を下ろしたファティアだったが、堪らずそう口を開く。

どう考えても家主がベッドで寝るべき、だと。

——しかし、あとに続く言葉を簡単に理解できたライオネルは、ファティアの言葉を遮った。

人差し指を、隣に座るファティアの唇にそっと当てたのだった。

「……!?」

「だめ。ベッドでちゃんと寝ること。これも師匠命令だよ。シーツなんかは全部替えたから綺麗って言ったでしょ」

（そこじゃない！　私が言いたいのはそこじゃない！　ずれてますライオネルさん……！）

ファティアはそう思うものの、口に出すことはできない。

何故なら口を開けば、ライオネルの人差し指をもっと感じてしまうから。

ファティアが顔を真っ赤にして百面相をするだけで何も言わないでいると、ライオネルが満足そうに口角を上げているのが視界に入る。

楽しそうなその表情にファティアの胸がきゅんっとなるが、きゅんじゃない！と自身の感情に突っ込んで、指が離れるのを待った。

「さて、食後の休憩時間に、これからの修行の話をしようか」

そう話を切り出してから、人差し指が離れていくまでの間、明らかに照れて困っているファティアの姿に、ライオネルは終始楽しそうに笑っていた。

ファティアは自身を落ち着かせるため、平常心、平常心と無言で唱えた。

「二つ方法を思い付いたけど、今は片方しかできないから、まずはそれをやってみようかなと思うんだけど、いい？」

「はい！　ライオネルさんにお任せします」

ファティアが魔法に関して無知なことは知っているのに、こうやって尋ねてくれるところがライオネルらしい。

コクリと頷いてから話し始めるライオネルの言葉に、ファティアは耳を傾けた。

「俺は魔力の流れが見える体質だから、今ファティアの体から有り余って漏れ出してる魔力が見えてる。仮にこの漏れ出してる魔力量を十とするね」

「はい」

「おそらくだけど、今のファティアの魔力を練る技術では、この十が余分なんだと思う。前は治癒魔法が使えていたことから考えて、何かしらの影響でファティアの魔力を練る技術が退化したか、突然、扱えきれないくらいに魔力が増えた、っていう説が有力かな」

「なるほど……」とファティアはぼそりと呟く。

解決方法はおろか、原因も分かっていなかったファティアは流石魔術師（元、らしいが）だなぁと思いつつ、そこでふと、聖女の力が使えなくなったタイミングに頭を悩ませた。

ザヤード邸に引き取られて五日目のこと、突然ファティアは聖女の力が使えなくなった。と、同時にロレッタは聖女の力に目覚め、その直後にペンダントがないことに気が付いた。

最初はどこかに無くしたのかと捜していたファティアだったが、偶然ロレッタが身に着けているのを発見したのはその数日後のことだ。

その場を見たわけではないが、ロレッタの口ぶりからするとペンダントは彼女によって盗まれたのは間違いないだろう。

（ここまでタイミングが揃うって偶然……？　それとも……）

何かがあるのかもしれないと考えるファティアだったが、これを話すには、ライオネルに自身の境遇を話さなければならない。

優しいライオネルに余計な心配をかけたくなかったファティアは、確信がないのだからと、そっと口を噤んだのだった。

「――ファティア？　大丈夫？　ボーッとしてるけど」

「……あ、はい！　大丈夫です。すみません。説明を続けてください」

「そう？　休みたいときはいつでも言って。……じゃあ、具体的な修行の話に移るけど」

そう言って隣に座るライオネルは、人一人分を空けて座った位置を少しずらすと、ファティアとの距離を詰め、そっと手を伸ばす。

膝の上にちょこんと置かれたファティアの手に、ライオネルはそっと自身の手を重ね合わせた。

「俺が直接ファティアの余分な魔力を吸収する」

「吸収……ですか？」

「そう。どれぐらい吸収できるか分からないけど、少しは魔力を練りやすくなるかもしれないし」

「その方法は……」と口を開きかけたファティアだったが、ライオネルに手を重ねられたことで大体の予想が付いた。

「因みにこれも、直接触れないとだめ」

「……今回は話が読めました」

「本当？　ファティアは優秀だね」

——ライオネル曰く。

ファティアの漏れ出す魔力に聖女の力が含まれているかどうかの検証では、手を握ることで魔力に干渉しただけで、吸収はしていないらしい。もちろん、ライオネルの『呪い』の苦痛は軽くなるのだが。

しかし今回の目的はファティアの聖女の力を復活させることなので、ただ干渉するだけでは意味がなかった。

そこでライオネルがまず考えたのが魔力吸収だった。

「吸収された魔力はどこに行くんですか？」

「俺の魔力が満タンだった場合は、行くあてがない魔力は勝手に消失する。俺の魔力に空きがあったら、ファティアの魔力で俺の魔力が補われる。回復って言ったら分かりやすいかな。理解できた？」

「はい、大丈夫です！」

「じゃあ、やってみるから」

「ファティアは楽にしてて」と言われたので、ファティアは無意識に力んでいた肩の力をふっと抜いた。

すると、自身の魔力の流れを何となく感じることができた。

魔力を練るときのお腹がかあっと熱くなる感覚は知っていたが、自身の中で魔力が流れているという感覚は初めてだった。

意識を研ぎ澄ませると、その魔力の流れの一部が触れ合った手からライオネルに吸収されていくのが分かる。

それから数秒後、ライオネルの手はゆっくりと離れた。

「ん、おしまい」

「何か……凄かったです」

「魔力を吸収された感覚分かった？」

「はい。何となく分かりました」

感動しているファティアに対して、ライオネルは少し口角を上げてから、ファティアの漏れ出した魔力がどの程度になったかを確認する。

「さっきまで漏れ出してた魔力を仮に十だとしたら、吸収後の今は八から九ってところかな」

「……つまり」

「ほとんど吸収できてない。分かってはいたけど、魔力量多いね」

困ったように笑ってみせたライオネルの発言により、あまり大きな効果は望めなさそうだということは分かる。

しかし、実際に魔力を練ってみないことには、効果の程は分からないので、ファティアはお腹のあたりに意識を集中する。

「お腹あたりで魔力を練り上げるイメージを持ってやってみて。イメージって結構大切だから」

「はい！　見ていてください」

「うん」

（魔力を、練り上げる……！）

以前は感覚的にしていたが、意図的に魔力を練り上げるイメージを持って集中する。

——すると、ほんの少し。ほんの少しだけ、お腹がほんわかと温かくなる気がしたので、ファティアは「この感じ……！」と、ライオネルに視線を向けた。

「——凄い。少しだけ魔力が練れてる」

「本当ですか!?」

「魔力量が多ければ多い人ほど練るのが難しいといわれてるから、この状態で少しでも魔力が練れてるならファティアは才能がある」

「ありがとうございます……！」

聖女の力が復活するかもしれないという希望が見えてきたファティアは、頬を綻ばせる。

褒められたことが嬉しかったからというのもあるが、いち早くライオネルの役に立ちたかったからだ。

「じゃあちょっと魔力が練れてるうちに、聖女の力が扱えるか試してみよう」

「はい……!!」

少し練ることができた魔力で聖女の力が復活するのか、結果は——。

「だめ……みたいです……」

「仕方ないよ。落ち込むことはない。少しでも魔力を練れたことだけで十分収穫」

「淡い光の粒が出ませんでした……」と落ち込むファティアに、ライオネルは薄《うっす》らと目を細めて励ましの言葉をかける。

同時に、ライオネルはファティアの頭を優しくぽんぽんと叩いた。

「ファティアはイマイチ分かってないみたいだからもう一度言うけど、ファティアくらい魔力が多い子が初日から少しでも魔力が練られるなんて、本当に凄いことなんだから。落ち込む必要ないよ」

「……。師匠……」

「うん。優秀な弟子を持って師匠は鼻が高いよ」

ほらこんなに、と言いながら、ライオネルは拳を自身の鼻にくっつけるようにして鼻が高いを表現する。

その姿にファティアはクスッと笑うと、ライオネルも安心したように笑った。


何もライオネルは、ファティアを励ますために過剰に褒めているわけではないのだ。

魔法に関してはむしろ厳しいライオネルだが、少し魔力を吸収されただけで、微量でも魔力を練ることができたファティアに、相当驚いた。

飄々としていて顔に出づらいが、それこそソファからずり落ちそうになるほど驚いたのだ。

(ファティアは確実に魔法の才能がある。元聖女だからなのか、元々の本人の素質なのか)

どちらにせよ、才能があるに越したことはない。

「ねぇファティア、聖女の力は発動できなかったけど、一つやってほしいことがあるんだけどいい?」

「はい。何でしょう?」

ファティアの返答を聞いてから、ライオネルは立ち上がって部屋の隅にあるチェストを開く。

そこにあるお目当てのものを手に取ると、すぐさま元の場所に座り直して、ソファの前にあるローテーブルにそれを置いた。

「これは……?」

「魔法属性を判定できる魔導具だよ」

手のひら大の箱のてっぺんには、白い石のようなものが付いている。

魔力を練り上げた状態でそこに手をかざすと、自身の魔力がどの属性魔法に対応しているのかが判定できる優秀な魔導具だ。

「因みに一般的な四つの属性とは別に、聖属性っていうのがある。これは聖女だけが持ってるっていわれてるけど、この魔導具では、それは判定できない。一般的な水、火、風、土の属性だけ」

「なるほど」

「ファティアが聖属性を有してるのは間違いないと思うけど、他の属性も持ってたら修行して伸ばした方が色々便利かと思って。まあ、ものは試しにやってみよう。魔力を練った状態でここに手をかざして」

「分かりました！」

ファティアの額には既に少し汗が見える。

魔力量が減ったことで多少練りやすくはなっているものの、かなりの集中力と体力がいるから当然といえば当然だろうか。

それでもファティアは弱音一つ吐かずに魔導具に手をかざした。

（さて、どんな色に変わるか）

――すると、白い石が瞬く間に目を背けたくなるほどに光りだし、少ししてからその光が収まる。

白い石は、手をかざす前よりもキラキラとしているだけで大きな変化はなかった。

「……」

「ライオネルさん？　これはどういう結果なんですか？」

結果を見て固まるライオネルに、ファティアは再び問いかける。

「色が変わらないということは、失敗でしょうか？」

そんなファティアの質問に、ライオネルは目を見開きながら答えた。

「全属性」

「――え？」

「ファティアは全属性の魔法が使える素質があるってことだよ」

「そうなんですか？」

「……この凄さも分かってないみたいだね」

きょとんとした様子のファティアに、ライオネルは再び困ったように笑ってみせる。

水属性持ちなら青色、火属性持ちなら赤色、といったふうに色を変える魔導具に付いた石――魔石。

石が色を変えないことが起こり得るとしたら魔力を全く練れていないか、四属性持ちかという二択しか有り得ない。

ファティアが魔力を少し練ることができているのはライオネルが保証するので、つまり。

ライオネルは今日何度目か、ファティアの頭にぽんと手を置いた。

「この国で二人目の四属性持ちだよ。おめでとう」

「⁉　そ、それって中々凄いことでは……⁉」

「だから凄いって言ってるでしょ。しかも聖属性も持ってるはずだから——この凄さ、やっと分かった？」

「は、はい……ようやく……」

「それは何より」

信じられない……と口をぽかんと開けているファティア。

その気持ちが分からなくもないライオネルの胸は、期待に高鳴って仕方がなかった。

聖属性と一般的な四属性を持ち、魔力を練る才能があり、疲れても弱音を吐かずに頑張る姿。

（本当に鍛えがいがある）

そして今日分かったことといえば、少し魔力が練れた程度では聖女の力は発動しないこと。

聖女の力が発動しなくなった原因が、ファティアの魔力を練る能力が退化した、というのはあまり考えられないこと。

（……なら急に魔力が増えて、ファティアが難なく魔力を練られる量を大幅に超えたってこと

か。……そんなことが急に起こるものなのか)

自身はもちろん、周りの人間にも起こったことがない現象に、ライオネルは分からなかった。

「さて、今日の修行はここまでにしようか」

ライオネルに魔力を吸収してもらってから、休まず練り続けていたファティアの魔力が乱れている。

集中が切れているのだろうと思い、ライオネルがそう声を掛けると、ファティアは小さく頭を横に振った。

「いえ、もう少し平気です」

「無理は禁物。こういうのは積み重ねだから、ゆっくりで大丈夫。ファティアはよくやってる」

「……っ」

褒められ慣れていないのか、それとも焦っているのか。

隣で読みづらい表情をするファティアの頬に、ライオネルはそっと手を伸ばした。

そのまま何度かすりすりと撫で上げると、顔を真っ赤にして狼狽するファティアに、ライオネルは、ふ、と小さく笑みを零す。

「林檎みたいに真っ赤だね。美味しそうで食べたくなる」

「おっ!?　美味し……!?　食べ……!?」

「はい、完全に集中切れたでしょ。今日はもうおしまい。魔力吸収の効果もずっと続くわけじゃないし、また後日魔力吸収してあげたときに修行したらいいよ」

「わ、分かりました……」

渋々頷いたファティアは、未だに顔が真っ赤だ。膝の上に置かれた拳は緊張からか力強く握り締められている。

ライトグレーのセミロングからちらりと見える耳も、赤色に染まっていて、ライオネルは心臓がドクリと跳ねた。

（……何それ、可愛い）

集中を途切れさせるために言ったものの、ここまで反応されると加虐心が湧いてくるが、これ以上はいくら何でもやりすぎかと、ファティアの頬にやった手をそっと戻した。

しかし、手が離れた瞬間、ホッとした様子のファティアに、ライオネルはほんの少しだけ苛立ちに似た感情を覚えたので、つい口から零れてしまったのだった。

「魔力吸収をするには触れなきゃいけないって言ったけど、その場所によって吸収できる量や質が違うんだ」

「……？　と、言いますと……？」

「手や足といった体の末端が一番少ない。つまり今回だね。次に多く吸収できるのが額同士の接触。そして、その次が唇の接触」

「……。唇……!?」

「所謂キスだね」とあっけらかんと言うライオネルに対して、ファティアは目を白黒させている。

無意識なのか、咄嗟に自分の口を隠すあたり、可愛くて堪らない。

加虐心が満たされたライオネルは、ファティアから顔を背けて肩を震わせた。

「なっ、何で笑って……!　もしかして嘘ですか!?」

「いや、本当なんだけど……ファティアの反応があまりに可愛かったからつい。ごめん」

「……!?　かわっ!?　かわ、かわ、かわっ!?」

「うん。可愛い。――それと大丈夫。いくら修行のためとはいえ、年頃の女の子にキスしないから」

安心していいよ、と続けたライオネルは、自身の発言からとある疑問を持った。

「そういえば、ファティアって歳はいくつ？」

「十七歳、です。……ライオネルさんは？」

「俺は二十二だよ。……そうか、十七か」

ライオネルは、そろりと視線を落とした。

（十七歳で……訳ありね）

ライオネルにも、もちろん十七歳のときはあった。果たしてそのとき何をしていたのだろうかと考えると、それほど辛い思い出は浮かばない。

少なくとも薄汚れて破れた服で、雨に打たれてボロボロになりながら、他領まで歩く経験はしたことがなかった。

――それに。

(手足の痣、あれは転けてできたものじゃない。人為的に痛みを与えられたものだ)

ファティアを助け、家に連れてきた日。倒れたファティアを持ち上げたときに見えたふくらはぎにある無数の痣は、ムチで打たれたような形状だった。

料理をするために袖が邪魔だったのか、捲り上げたときにも痣が複数あるのが見えた。

慌てて隠していたところを見ると、見せたくないものなのだろう。

それに体質とは思えないほどにやせ細った体は、ここ数日あまり食べなかっただけではあそこまでならないことは明白だった。

――やせ細った体に、複数の痣、一人で他領から歩いてくるとなると、考えられることは限られている。どれも、目を背けたくなるようなものだけれど。

(けど、まだ教えてくれないだろうな。はぐらかされるのは目に見えてる)

話してくれれば力になれることもあるかもしれないが、無理強いはしたくない。

それならば、ライオネルにできるのは、ファティアの未来を切り開く手助けをすることだけ。

訳ありそうなファティアに同情をしたのも、漏れ出すほどの魔力を惜しいと思ったのも事実だ。

けれどライオネルは、何よりもファティアがこれから自分の足で、好きなように生きていけるよう選択肢を与えたかった。

聖女として、国に確たる地位を要求してもいいだろう。

聖女だということを隠して、魔術師になるのだっていいだろう。

もちろん、聖女や魔法のことを理解した上で、その道に行かないのだって自由だ。

「ファティア」

優しい声色で、弟子の名前を呼ぶ。

ファティアは背筋をぴしりと正して「はい！」と気持ちの良い返事で答えた。

「これからも修行頑張ろうね。あと、ゆっくり休むのも、頑張って」

「ふふ、休むのを頑張るって何ですか」

小さく笑うファティアに、ライオネルは穏やかな笑みを浮かべた。

――しかし、その数時間後。

「魔力吸収も『呪い』が発動するんですか……っ⁉　何で言ってくれないんですか……！」

「……っ、ご、めん……」

痛みで倒れたライオネルを見て、ファティアの悲痛の叫びが部屋中に響いたのは言うまでもない。

痛みで苦しむライオネルの手を、ファティアはそっと握り締めた。

◆◆◆

師弟関係になって約一週間が経った頃。

先週ライオネルと共に買い物に出かけたときに買ったレモン色のワンピースと少しフリルの付いた薄紫のエプロンを身に着けたファティアは、暗い表情でキッチンに立っていた。

因みに、ファティアの買い物は全部で三十万ペリエの出費だった。

どうしても最安値しか選ばないファティアに、ライオネルが結局口を出したのである。

「どうしたのファティア、そんな顔して」

テーブルを拭いている最中のライオネルに指摘され、ファティアはハッと表情を戻す。

しかし時既に遅し。じーっと食い入るように見られてしまえば、ファティアは答えるしかなかった。

「今日、修行の日じゃないですか……」

「修行、嫌？」

「修行が嫌なんじゃなくて、魔力吸収をしてもらわないと魔力が練られないのが嫌なんです！」

「ああ、そういうこと」

「手に触れるのは嫌？」と聞いてくるライオネルに、ファティアは声を大にして「そこじゃないです!!」と反論した。

初めて魔力吸収をしてもらった日、数時間後にライオネルは『呪い』が発動して倒れた。さも当たり前のように魔力吸収をするので勝手に大丈夫だと思っていたのだが、どうやら魔力吸収も魔法に含まれるらしい。

そのため、ファティアは次の日から魔力吸収なしでも魔力を練られるようにお腹あたりに意識を集中したのだが。

『……ううっ』

『ファティア。努力は認めるけど、少しは余分な魔力を吸収しないと、多分まだ無理だよ』

ファティアの技術では、ライオネルに魔力吸収をしてもらわなければ、魔法の修行以前に魔力を練ることすらできないということ。

聖女の力を復活させるなんて、夢のまた夢であった。

しかし、みすみすライオネルに『呪い』の苦痛を強いるのはファティアの望むところではない。

——そこで、ライオネルとファティアは話し合い、とあるルールを作ったのだった。

「俺の『呪い』が発動することを考慮して、魔力吸収は三日に一回。その他の日はイメージトレーニング。『呪い』が発動したときは必ず手を握って痛みを和らげる。——お互いこれで納得したでしょ」

「そうですけど！　そうですけど……」

「ファティアの漏れ出した魔力のおかげで、本当に痛みがマシになったから気にしなくてもいいのに」

（気にしないとか無理ですから……！）

傷ならば、深さや大小で、多少痛みの具合は分かるが、ライオネルのそれは表には出ないので分からないのだ。

もしや、過剰に心配させないように気を使ってくれているのでは？と思ったことさえある。

ライオネル曰く、以前よりかなりマシらしいのだが。ファティアはそれを信じるしかないのが実情だった。

ファティアは料理をテーブルに並べ終えると、ライオネルと向き合うように椅子に座る。この光景は、流石にもう慣れてきた。

「今日は修行の日なので、ライオネルさんが好きなお肉料理をメインに、食後のデザートも準備しました」

「えっ、本当？」

「はい。クリームたっぷりのシフォンケーキです。買い物に行ったときにレシピ本も買ったので、作ってみました。一応成功したので、多分だいじょ――」

「ファティア、早く食べよう？　それでデザートも食べよう？　おかわりもある？」

「もう動けなくなるまで食べてください……」

『呪い』を発動させてしまう罪悪感たるや、尋常ではない。

せめて食事で償いを……と、思っていると、「美味い」「天才」「幸せ」と連呼しながらパクパクとライオネルが食べるので、ファティアは少しだけ心が軽くなった。

そんなとき、ファティアが居候をさせてもらってから初めて、来客を告げる呼び鈴が──チリン、と音を立てた。

「……お客様、ですよね？」

周りには自然しかないこの家を訪ねてくるなんて、賊なはずないよね……？と言いたげな顔のファティアに、口の中のものをライオネルはごくん、と呑み込んでから「ハァ……」とため息をつく。

「……大丈夫。危ない奴じゃないよ。危ない奴じゃないけど……面倒なのが来た」

「……？　顔を見なくてもどなたか分かるんですか？」

「俺がここに住んでるの、そいつしか知らないから」

「なるほど」

もう一度「ハァ」とため息をついたライオネルは、急いで残りのご飯を掻き込む。

「ご馳走さま。今日も美味かった。ありがとう。ゆっくり食べられなくてごめん」

「い、いえ」

「デザートはあいつを追い返してから食べる。待ってて」

「追い返す⁉」

適当に対応する、くらいは言うかと思っていたが、まさかそこまでとは。

（一体、どんな人なんだろう？　会うのが気まずい人とか？　もしかして……前にお付き合いしてた人とか？　ライオネルさん格好いいし……）

そう考えると心の奥深くでもやっとしたファティアだったが、こんな考えは忘れようと、ぶんぶんと頭を振る。

ライオネルの対人関係にどうこう思うような間柄ではないのだから、変な詮索はよそう。

ファティアが食具を置き、玄関のドアノブに手をかけるライオネルに視線を向けると、ゆっくりと扉が開いた。

「ライオネル‼‼　『呪い』はどうですか⁉　痛みは⁉　魔力量は戻りましたか⁉　バランスよくご飯を食べてたっぷり睡眠は取れていますか⁉　皆が――第一魔術師団の皆が待っています！　私がフォローしますからお願いです‼　帰ってきてください‼　もちろん、団長として‼」

「ハインリ……うるさい」

「……第一魔術師団、団長……として……？」

（それに、魔力量って……？）

入り口で矢継ぎ早に話す青年——ハインリの言葉に、ファティアはこれ以上ないくらいに大きく目を見開いた。

第6章　『元聖女』は『第一魔術師団副団長』に驚かれる

勢いあまったように玄関に足を踏み入れた、コバルトブルーの長髪を一括りにし、眼鏡をかけた端正な顔立ちの男性――ハインリ。

ハインリは、ライオネル以外の声を聞いて耳をピクリとさせた。

ファティアは軽くハンイイリに会釈をしてから、ライオネルに視線を戻した。

「この家に貴方以外が居るのは初めて見ました。どなたです？　家政婦でも雇ったのですか？」

「……彼女はファティア。家政婦じゃなくて、俺の弟子。――ていうか、帰って」

「――弟子ぃぃぃ!?　帰ってぇぇ!?」

「後者は驚くことじゃない。俺は早くシフォンケーキが食べたいんだけど」

そう言って、ハインリに対して冷たい視線を送るライオネル。

ハインリはそんな視線に一切気付くことはなく、「あのライオネルが……？」と、未だに信じられない様子でいるみたいだ。

「ライオネル！　貴方、今までどれだけ優秀な人材が頼み込もうと、弟子は取らなかったじゃありませんか！」

「耳元で大声出すな、うるさい」

「何てことだ……こんな日を迎えるとは……」

ハインリの髪色のせいか、眼鏡のせいか、キリリとした目つきのせいか。やや、見た目は冷たい印象を受けたファティアだったが、中々に激しいリアクションに、人は見た目では分からないということを改めて痛感する。

そんなファティアの元に、ハインリは近付いてくる。

上から吊るしているのでは？というくらいに姿勢が正しいハインリに、ファティアも無意識に背筋を伸ばした。

「初めまして。私は第一魔術師団、副団長のハインリ・ウォットナーといいます。ライオネルとは学生時代からの友人で、直属の部下でもあります」

「は、初めまして、ファティアです。……えっと、その、ライオネルさんが第一魔術師団の団長様って、本当なんでしょうか……？」

ライオネルは以前、『元魔術師』だと言っていた。

そのことから魔術師団に所属していた可能性も考えていたのだが、まさか団長だとは夢にも思わなかったファティアは、ハインリに問いかけつつも、その目はちらりとライオネルを見た。

ライオネルはもうハインリを追い返すのは無理だと悟ったのか、扉を閉めてからファティアを横目で見た。

「ごめんファティア。俺、実は元第一魔術師団、団長」

「ほっ、本当なんですね……!?」

ライオネル本人の口から聞くと、その衝撃は計り知れない。

魔術師たちのエリート集団――しかも魔術師団団長なんて、エリートの中のエリートと言っても差し支えないだろう。

(つまり、私って凄い人の弟子なんじゃ？)

ようやくハインリの驚きようを理解したファティア。

今までどんな優秀な人材が頼み込もうと弟子を取らなかったらしいが、ファティアに関しては、弟子にならない？と言い出したのはライオネルだ。

以前、今は暇をしていると言っていたので、ただ単にタイミングが良かったのかもしれない。

「ライオネル、貴方……彼女に言ってなかったのですか……？」

全く知らなかったファティアに、呆れた様子のハインリは頭を抱える。

ライオネルは割と言葉が足りないところがあるが、いくら何でも言わなすぎではないだろうか。

しかし、ライオネルが表情を大きく変えることはなかった。

「半年前に俺は魔術師の資格を返納した。第一魔術師団も退団届を出した。過去のことをわざわざ引っ張り出す必要はない」

「何を言っているのですか！　天才魔術師として列国まで名を馳せ、十七歳の若さで団長になった貴方を、国がそう簡単に手放すわけがないでしょ！　資格の返納も、退団届も保留にしています！　……って前も言いましたよね！」

「聞いたね。耳にタコができそう。……だから俺も言ってるでしょ。今の俺じゃあ、戻れないんだって」

そう言ったのを最後に、そっと両耳を塞ぐライオネルの肩を、ハインリは「聞いてくださいー！」と言いながら掴んで揺らす。

鬱陶しそうにしているライオネルだったが、結局家に入るのを許すあたり、仲は悪くないのかもしれない。

ファティアには男同士の友情や、魔法を極めた者同士の思いなんて分からなかったけれど、とにかく喧嘩になっていないので一安心である。

ホッと胸を撫で下ろすファティアを視界の端に捉えたハインリの顔は、「そういえば……」と言いながら、突如として青ざめていく。

口をプルプルと震わせ、ちょうど耳から手を離したライオネルに向かって、ハインリは恐る恐る囁いた。

「まさか……『呪い』のことも伝えていないのですか……？」

「それは言った。もう何回も『呪い』が発動してるところを見られてるし。何なら看病してもらってる」

「そ、そうですか……。その、きちんと内密にするようにとは言ってあるんですよね？」

「……言った気がする」

「はいそれ絶対言ってないやつですね!!」

——ダダダ!!

と、勢いよく再びファティアの前まで早歩きでやってきたハインリは、顔をずいと近付けてくる。

ぶつかるのではないか、というくらいの勢いにファティアは少し後退りながら、頬をひくつかせた。

「ライオネルの『呪い』の件は国王陛下と第二王子殿下、私と貴方しか知りません！　絶対に広めたりしないでください！」

「は、はい。もちろんです……」

——そもそも、広める相手もいないのだけれど。そして、何より顔が近い。

ファティアはそんなことを思いながらも、口に出すことはなく、必死の形相のハインリに対して何度もコクコクと頷く。

すると、コツコツと靴音を立ててこちらに歩いてきたライオネルが、ハインリの肩を後ろからガッと思い切り掴んだ。

「顔が近い。さっさと離れて」

「あっ、ああ、すみません……。ファティアさん、でしたね。失礼しました」

「いえ、お気になさらず。あと敬称は不要です」

「では、ファティア。私のことはどうぞご自由にお呼びください」

「……それでは、ハインリさんとお呼びしても……？」

そうして名前を呼び合っていると、ハインリの後ろに見えるライオネルの眉間に皺が寄っていることに気が付いたファティアは、しまったと、慌ててライオネルに頭を下げた。

「ライオネルさん申し訳ありません。ライオネルさんの——師匠のご友人に、何か失礼なことでも」

「してないよ。ファティアは何も悪くないから。ハインリが悪い、全部ハインリが悪い」

「二回も言いますか!?　私、何かライオネルを怒らせるようなことしましたか!?」

「うるさい」

ファティアには優しい声色だというのに、ハインリに対しては聞いたことがないくらいに冷たい——というか、対応が雑というか。

未だ「何を怒ってるんですか！」と言っているハインリを、雑にあしらうライオネルの姿に、ファティアはつい頬が緩んでしまう。

こんなに賑やかな日常は久しぶりだった。

「――そういえば」

ハインリを見ながら、あまり抑揚のない声色で言うライオネル。

一瞬だけライオネルにちらり、と見られたファティアは「はい？」と少し首を傾げた。

「ファティアは聖女なんだけど、そのことについて少し話がある」

「聖女ぉぉぉ……!?」

絶叫するハインリの声だけが、部屋中に響き渡る。

元々、隠しておくつもりだったが口が滑ってしまった『元聖女』という事実。秘密にしておいてほしいと伝えていなかったことを、たった今思い出したファティアは、バッと両手で顔を隠して天を仰いだのだった。

「『聖女』って、数十年に一度生まれるというあの!? 『治癒』と『浄化』の魔法が唯一使えるあの!? 本当に!?」

「合ってる。……ってどうしたの、ファティアまで驚いた顔をして」

「いえその、聖女については詳しく聞いていなかったので、驚いてしまって……」

「そうだっけ？ ごめんね？」

ついうっかりといった感じのライオネル。

これがトマトを買い忘れた程度のことならばその反応でいいのだが、如何せんハインリが口にする『聖女』の情報は、ファティアの想像を遥かに超えているものだったからだ。

（聖女ってそんなに稀なものなのね……だからザヤード子爵は大金を支払ってでも私を引き取ったんだ）

引き取られて五日間は、丁寧な扱いに豪華な食事や広い部屋を与えられ、専属のメイドを付けられていたことにようやく納得がいった。

孤児院院長が、聖女であることを国に知られたら引き渡せと迫られるだろう、と言っていたことも、それだけ『聖女』が稀な存在なのだろう。

ファティアはようやく自分の力が、そして存在がどれだけ稀有なものなのかを知り、ほんの少し心がざわつき、けれどほとんどが他人事のように感じられていた。

（まあ、何にしても、私は『元聖女』だし……）

先程ライオネルはハインリに、聖女として紹介していたが、現時点でファティアは間違いなく『元聖女』なのである。

そして今の聖女は――と考えていたところで、ライオネルがハインリに座るよう促す。

ファティアが急いでテーブルの上の食べかけの食事を片付けると、ライオネルに「ごめん。途中なのに」と謝られたが、正直今は食事どころではなかった。

少し前までならば生きるために必死に食べている感じだったが、安心してあとでゆっくりと食べられる環境というのは、心に余裕を持たせてくれるらしい。

「待ってください！　私が今日ここに来たのは——」

座ったのでじっくり話せるかと思いきや、ハインリは落ち着かない様子で口早に話し始める。

「ロレッタ・ザヤード子爵令嬢は、つい先日王太子殿下に求婚され、お二人は婚約したそうなのです。——それも、求婚の理由がロッレタ嬢が聖女だから、だと」

ハインリの口から出た名前に、ファティアの心臓は針で刺されたようにズキズキと痛み始めた。

「は？」

ライオネルからも乾いた声が漏れる。

ロレッタの名前を久々に聞いたファティアは、あの頃の記憶が蘇ってきて無意識に俯いた。

心も体も傷付けられ、母の形見は奪われたまま。けれど、どうすることもできない現実。

「ファティア……？　どうかした……？」

「……あ……いえ、大丈夫です」

俯いていたのでどうやら不思議に思ったらしいライオネルに、ファティアは作り笑いを浮かべてその場を流す。

何やら察している表情だったが、ライオネルは「……そう」と言って引き下がると、ハインリに視線を戻した。

「それで、どうしてそのロレッタって子が聖女だなんて言われてるの？　――聖女は膨大な魔力を持ってるといわれてるけど、ここに居るファティアはまさにそれだよ。全盛期の俺と同じくらいかそれ以上。あと――」

そこからライオネルは、ここ数日間で検証したファティアの魔力に治癒魔法の効果が含まれていて、『呪い』にも効果があることや、過去に治癒魔法を使えていたこと。そして、魔力が漏れ出すほどに膨大であり、全属性持ちだということを淡々と話す。

ハインリは素っ頓狂な声を漏らしながら、肩をふるふると震わせた。

「ライオネルと同等かそれ以上の魔力量？　ライオネルに続いての四属性持ち？　さらに治癒魔法が使えて、魔力にも含まれている？　ライオネルが言うのであれば、間違いはないはず……つまり――」

「だから言ってるでしょ。ファティアが聖女だよ。そのロレッタって子、嘘ついてるんじゃない？」

「な、何ですってえええぇ!?」

(四属性持ちのもう一人ってライオネルさんだったのね……って耳が……)

向かい合って大きな声を出されては、流石にファティアも咄嗟に耳を塞ぐ。

ライオネルは何度目かの「うるさい」を口にすると、ハインリはハーハーと肩で息をしながら「しかし！」と声を荒らげた。

「数日前、王城に出向いた際、そのロレッタ嬢の聖女の力を、私はこの目で見たのです！　小さな擦り傷がゆっくりゆっくりと治っていくところを！」

「……ファティアは？　ファティアは治癒魔法が使えたとき、どんな感じだった？」

「……それは……」

何か確信を持った聞き方のような気がしたけれど、ファティアは当時のことを詳細に話し始める。

ザヤード子爵家に引き取られていたことや、ロレッタのことを知っていると話せば、どんな扱いをされてきたのか、ライオネルにバレてしまうかもしれない。けれど、聖女の力に関しては話しても問題はないだろうと思ったからだ。

「私の場合は、骨折や内臓の病気に対しても効果がありました。……淡い光の粒が現れて、一瞬で治癒することができました」

「!?」

「だろうね」

驚くハインリとは反対に、納得の様子のライオネル。

漏れ出す魔力だけでライオネルの『呪い』の痛みを和らげるほどの効果があるのならば、治癒魔法がロレッタの能力と同程度だとは考えられないと、ライオネルはそう考えたのだろうか。

しかしここで、ハインリが、ライオネルの口にしたある言葉に、はたと気付いたようだ。

「使えていいたとは、どういうことです？」

「厳密にはファティアは『元聖女』なんだよ。何らかの影響で発動しなくなってるんだ。理由は分からないけど対処法はいくつかあるから、今修行してる。……そんなわけだからさ、ハインリ。お前に頼みがあるんだけど。──を用意してほしいんだよね」

「なるほど、その手がありますね。それなら何とか」

真剣に話している二人に、ファティアはゆっくりと立ち上がった。

魔法に専門的な知識のないファティアが、このまま席にいても意味がないということだけは確かだ。

──それならばと、キッチンに行くと、デザートの準備を始めた。

シフォンケーキを切り分けて皿に載せ、生クリームをたっぷりと乗せる。

三人分を用意した頃には、二人は話を終えたようで、ファティアは準備したシフォンケーキをトレーに載せると、テーブルへと運んだ。

「あの、切りがいいようなら休憩にしませんか？」

「おや、ケーキですか……ありがとうございます」

「ファティア、ありがとう。紅茶飲むよね、俺も手伝う」

そうしてライオネルと共に紅茶も入れると、揃ってフォークを手に取った。

(ライオネルさん、喜んでくれるかな)

そこそこ上手にできた自信はあるので、ファティアが隣のライオネルの反応を窺っていると、思いの外一番に声を上げたのはハインリだった。

「これは美味しいですね……！　もしかしてファティアの手作りですか？」

「はい。居候させてもらっているので食事はいつも私が。お菓子は初めて作ったので喜んでもらえて良かったです」

「そうですか。居候――居候⁉　つまりは同棲⁉」

きちんと呑み込んでから話すところは行儀が良いのだが、如何せん声が大きいのでファティアは再び耳を塞ぐ。

ハインリは興奮が頂点に達しているのか、何だか目が血走っていた。

「ライオネル！　ついに貴方！　結婚を決めたのですか⁉　ただの弟子ではなく結婚相手ならば、どうして早く言ってくれなかったのですか‼」

「……ハァ。お前ね、話が飛躍しすぎ。ファティアは行くところがないからうちに居候させてるだけ。弟子の面倒を見るのも師匠の務めでしょ」

ライオネルは、少し垂れた目で面倒くさそうに言い放った。

「まあ、人間色々ありますしね」と行くあてがないことに対して詮索してこないハインリに有り難いと思いつつ、ファティアは、ライオネルの皿をちらりと見る。

綺麗に食べ終わっている様子にホッと胸を撫で下ろしていると、ライオネルはそんなファティアの頬にずいと手を伸ばした。

「ファティア、付いてるよ」

「――えっ」

「ん、美味しい。やっぱりファティアが作るものは何でも美味いね」

「「……!?」」

盛り付けるときに付いたのか、食べている最中に付いたのか、頬に付いた生クリームを優しく親指で拭って、自身の口に運ぶライオネル。

さも平然と行ったその姿に、ファティアとハインリは目を白黒させる。

ハインリは言いづらそうに、恐る恐る問いかけた。

「……ライオネル。本当に結婚相手ではないのですか？」

「だから違うと言ってる。あ、そういえばファティアが『元聖女』だってこと内緒ね。今の状況だと、国にバレたら聖女を騙《かた》ったって罪に問われるかもだから」

「ええ。その点は心得ていますが……まさかこんな貴方を見る日が来るとは思いませんでしたよ」

「こんなライオネルさん？」

何やら含みがある言い方をするハインリに、ファティアは反射的に問いかけた。

ハインリは昔を思い出すように、ゆっくりと話し始めた。

「ライオネルは見た目も整っているし魔法の腕は超一流、しかも第一魔術師団団長なので、今まで頗《すこぶ》る女性に人気がありました。マイペースで基本的に敵を作らず、比較的距離感が近いので何人もの女性が恋い焦がれ、または好かれているのだと勘違いし、そのうちの数人は私に相談してきたほどです」

「な、なるほど」

何となくそんな二人の姿を想像できたファティアは、うんうんと首を縦に振った。

「けれど、ライオネルはどんな女性にも決して特別扱いはしませんでした。距離が近いといっても、流石に頬の生クリームを取ってあげるなんてことはありませんでしたし、何より――」

「ハインリ、話しすぎ」

「これは失礼しました」

ハインリは何を言おうとしたのだろう。ファティアは気になったものの、ライオネルによってぴしゃりと話は遮られてしまったので、これ以上聞くことはできなかった。

そんなとき、ファティアは聞きたいことを思い出した。

「あの、私から一つ質問をよろしいですか？」

「どうしたのファティア」

「ハインリさんが来たときに仰ってた、魔力量は戻ったのかって、どういう意味ですか？」

『呪い』については魔法を使うと数時間後に体に激痛が走るということしか聞いていないファ

ティアは、実はずっと引っかかっていたのだ。

「ああ、それね。実は『呪い』の影響で魔力量も減ってるんだよね。……大体、全盛期の十分の一くらいかな。だから今は弱い魔法しか使えない」

「あれで弱い魔法ですか……？」

ファティアは男たちに襲われそうになったときにライオネルに助けてもらい、はっきりと彼の魔法を目にした。

そのときは何て強力な魔法なのだろうかと思ったが、あれはライオネルにとっては弱い魔法らしい。

唖然としているファティアに、「その気持ち分かります」と優しく言ったのはハインリだった。

「今でも、並の魔術師くらいの魔法は使えるんですよ。まあ、それを弱いと言うくらいには『呪い』にかかる前は凄かったですが」

「と、言いますと……」

「山一つなら簡単に消し飛ぶくらいでしょうか……」

「山!?」

スケールが大きすぎる。自分にも規格外な強さを誇るライオネルと同じくらいの魔力量が備わっているらしいが、ファティアは全くイメージができなかった。

そんなファティアの隣で、もっとシフォンケーキが食べたいと言いながら平然としているライオネル。

それは、ハインリの説明が決して大袈裟ではないことの証明ともいえるだろう。

「ライオネルが居ないと、正直第一魔術師団は戦力がガタ落ちなのですよ」

「そもそも、どうしてライオネルさんは『呪い』に……？　あっ、言えないことなら大丈夫ですので……！」

以前に『意図せず』呪詛魔道具を使ったというざっくりした説明を聞いてから気になっていたファティアは、疑問を口にする。

ライオネルは自身でおかわりしたシフォンケーキに夢中になっていて、説明してくれたのはハインリだった。

「魔術師団には定期的に魔導具が補充されるのですが、ちょうどその日は新しいものが届く日だったのですよ。私たち第一魔術師団では、新しいものは団長がその効果を確認してから団員たちに渡すというルールがありまして……そこでライオネルは『呪い』にかかったのです」

「えっと、その魔導具を送った方のミスということですか？」

「いえ、それは有り得ません」

ハインリ曰く、魔導具は高価ではあるが、ものによっては街にも出回っていて、呪詛魔導具は数がほとんどなく、見つけたら魔術師団が回収しているらしい。しかし回収したものとも形状が違ったことから、未発見の呪詛魔導具が意図的にライオネルに送られたことになる。

新たな魔導具はライオネルが一番に使用するのは割と有名な話であることから、おそらく何者かがライオネルを狙って呪詛魔導具とすり替えたのだろう。

「どうしてそんなことを……」

ポツリと呟いたファティアに、ライオネルは一応話を聞いていたようで、フォークをお皿に置いてから、その手をファティアの頭にぽんと置いた。

「魔術師団って国と近い存在なんだよね。それに派閥もあって」

「派閥……？」

「そう。第一王子と第二王子の派閥にはっきり分かれてる。因みにうちは第二王子側」

「だからライオネルさんの件を、第二王子殿下も知っていらっしゃるんですね？」

とすると、呪詛魔導具をすり替えた人物も自ずと浮かび上がってくるわけだが。

「呪詛魔導具はかなり希少だ。まず努力だけでは手に入らない。かなりの人脈がないと中々大変だ。それに多額のお金もいる。だから、俺が一線から退いて第二王子派の力が弱まって、得をする人物」

「……」

ファティアはあまり勘が良い方ではなかったが、ここまで言われたら何となく分かる。

ライオネルという戦力を削いで、『聖女』と名乗るロレッタを婚約者に迎えた人物。

「この国の王太子――レオン・メルキア第一王子が怪しいと思ってる」

第7章　『元聖女』は『元天才魔術師』と買い物に行く

メルキア王国第一王子であるレオンが怪しいという話になり、どうやら現在は第二王子とハインリが内密に調査している、というところで話は終わってから、十日が経った。

今日、ファティアはライオネルとレアルの街に買い物に行く。

「ファティア、準備できた？」

「はい！　お待たせしてすみません」

今日は以前新調したラベンダー色のワンピースを着た。

シンプルなデザインだが、肩や袖の部分に細かなレースが付いており、生地がしっかりしていてとても暖かい。

ファティアは居候することになってから、健康的な食事に睡眠もたっぷり取れているからか、肌は以前より綺麗になり、髪の毛は艶を見せている。

そんな中でも一番変わったのは、肉付きだろうか。

削げた頬はほんの少しふっくらし、骨のようだった手足にも少しだけ肉が付いた。

服を着ていれば細身かな?と思われる程度まで回復したのは、ライオネルが手を差し伸べてくれたおかげだろう。

「そのワンピース、よく似合ってる。可愛い」

「ありがとうございます！　このワンピースはとても可愛くて……」

「俺が可愛いって言ったのはファティアにだけど」

「へ……!?」

(ライオネルさん、いつも思うけど、目、大丈夫かな……)

訝しげな目で見つめるファティアに対して、「ん?」と言いながら、コテンと首を傾げるライオネルは、格好いいのに可愛い。

ライオネルが無意識に社交辞令を言うということを最近やっと理解したファティアは、できるだけさらっと、ありがとうございますと返すことにした。


街に着いたのはお昼前だった。

ライオネルは普段と変わらず白いワイシャツに黒いズボンというラフな服装で、相変わらず街に出るときはローブを纏い、深めにフードを被っている。

それでもちらりと見える整った顔の印象は強く、擦れ違う女性の何人かはライオネルの顔をもっときちんと見たいのか、食い入るように見つめているのが分かる。

いつもながら、そんなライオネルの隣を歩くのが自分ですみませんとファティアが思っていると、意識がよそを向いていたこともあって、擦れ違う女性と肩をぶつけてしまった。

「ひゃっ……」

ライオネル側にふらついたファティアは、なすすべもなく体が斜めになっていく。

しかし、ガシッとライオネルの手に肩を支えられ、間一髪転けずに済んだファティアは、すぐさまライオネルから離れようとしたのだが、何故か支える手がびくりともしない。

「すみませんライオネルさんすぐ離れま――あれ⁉」

「ボーッとしてて危なっかしいからだめ。このまま肩を抱いてるのと、腕を組むのと手を繋ぐの、どれがいい？」

「は、は、は、は、はい？」

「ははははは……ふ、予想通りの挙動不審」

フードから見えるライオネルの目は楽しそうに細められる。

口元の弧の描き方も、至極楽しそうなものだ。

（待って、その顔は狡い……！）

大人の余裕な笑みでもあり、ほんの少し無邪気さも感じ取れるそれに、ファティアはあわあわと慌てふためくが、とりあえず転ばずに済んだお礼だけを言うと、ライオネルは間髪を入れずに「どうする？」と問いかけてくる。

三択ではあるが、選択肢はある意味あってないようなものなので、ファティアはぐぬぬと羞恥心で顔をしかめた。

「できれば全てなしで……」

「却下。また転けたらどうするの。選ばないならこのまま肩を抱いて歩くけど」

「手を繋ぐでお願いします……！」

肩を抱かれるのは密着度が高い。腕を組むのは、密着度に加えて自ら組まないといけないというメンタル攻撃まで入っているから尚更却下だ。

とすると、残ったのは手を繋ぐだけだった。恋愛なんてしてこなかったファティアとしては、一番密着度が少ないものを選ぶのが基本だった。

それに、手の接触ならば魔力吸収のときと『呪い』の痛みを和らげるときに触れているので、そこまでハードルは高くない、という考えだった。

「ん。手、出して」

「は、い。……失礼します……」

そうして、ライオネルにさらりと手を出されたファティアは、おずおずとその手の上に自身の手を重ねる。

大きな手に包み込まれれば、ライオネルは涼し気な顔に満足したような笑みを浮かべてからゆっくりと歩き始めた。

（うう……手汗が……手汗が……）

魔力吸収のときは修行の一環だし、短時間だ。『呪い』のときはライオネルが苦しんでいたり眠ったりしているので、緊張はしない。

——けれど、今は違う。

その二つともに当てはまらない状況で手を繋ぐことに、ファティアはどうしようもなく緊張して、手に汗が滲む。

「あ、あのーライオネルさん、ご厚意は有り難いんですけど、ここはそんなに人通り多くないですし、その、手を……」

「だめ。人通り云々は置いておいて、ファティアはまだ街に慣れてないでしょ」

「もう何度か来てますからだいじょ——」

「ていうか、一生慣れなくていいよ」

「そ、れは……どういう意味で……」

「さあ？」

「……っ」

完全に弄ばれている。ファティアは余計に手に汗が滲みそうになるが、きっとこれは冗談だろう。

それか、師匠として弟子の面倒は見るというライオネルの優しさに違いない。

——きっと、そうに違いない。

ファティアはそう思うことで胸の高鳴りを抑えることに成功すると、ライオネルと共にカフェで昼食を取ることにした。

食べ終わって店を出てからもさらっと手を繋ぎ、「ここも美味しいけどファティアが作るご飯の方が俺は好き」と耳元で囁くライオネルに、ファティアはしばらくの間顔を上げられなかった。

相変わらず手を繋いだまま、ファティアはライオネルと街を歩いていく。

あの店は野菜が安い、あの店は品質が良い、あの店はよくおまけをしてくれる。

よく買うお店の特長を頭の中で整理していると、普段食材を買っている道から一本入ったライオネルに、ファティアは「あの」と声を掛けた。

「どこに行くんですか？」

「ちょっと行きたいところがあって、ついてきてくれる？」

「もちろんです」

珍しいことに、ライオネルに行きたいところがあるらしい。基本的にはファティアにどこに行きたいか、何を買いたいかを尋ねてくるので、これは珍しかった。

ライオネルが口を出したのは、初めて買い物に行った日、ファティアが身の回りのものを最安値のものばかり買おうとしたときと、珍しい食材が目に付いたときくらいだったからだ。

(ライオネルさん、何が買いたいのかな)

一本入った通りには宝石店やドレスショップなど、単価が高い高級店が多い。

自分には一生縁遠いものなので、ファティアとしては少し楽しみだった。

「ファティア、入ろう」

「はい。……あの、ここは……」

しかし、ライオネルが立ち止まったのは、きらびやかな店の前ではなく、看板も出ていない薄暗い小さな店の前だった。

何やら怪しそうな佇まいに、ファティアはごく、と唾を呑んだ。

そんなファティアにライオネルは気が付くと、「大丈夫だよ」と優しく声を掛けてから、手を引いて店の中に入っていく。

お会計をするカウンターから覗くのは、およそ五十歳は越えていそうな中年の細身の男性だった。おそらく店主だろう。

グレーの短髪に、細めの銀縁の眼鏡がよく似合っている。

「ダッドさん、久しぶり」

ん?と言いながら目を細めていた店主だったが、相手がライオネルだと分かると、ゆっくりと立ち上がった。

「小僧、久しぶりだな。……お前さん、まだ女除けにフード被ってんのか」

「……まあ。ってそんなことより、紹介したい子がいるんだけど」

どうやらライオネルがフードを目深に被っていたのは、女性から声を掛けられるのを少しでも回避するためだったらしい。

ファティアは納得したものの、未だに手を繋いでいることに気が付いてハッとするが、ライオネルに力強く握られており逃れることはできなかった。

ライオネルとファティアの様子に、店主は「ほほう」と言ってニヤニヤしつつ、自身の顎あたりに手をやる。

「何だ小僧、紹介ってお前の嫁か」

「嫁じゃない。弟子。名前はファティア。今日はこの子に魔導具を買いたくて来たんだけど」

「は、初めましてファティアです！」

店主の名前はダッド。妻が亡くなったタイミングで隣国のラリューシュ帝国から引っ越してきて、ここメルキアで魔導具の商売を始めたらしい。

ラリューシュ帝国は魔導具の生産量が世界一らしく、そこの出身ということで何かと融通が利くのだとか。

ライオネルが団長に就任した頃から付き合いがあるらしい。

店には箱状のものからランプのような形をしたもの、アクセサリーに模したものまで、数多くの魔導具が陳列されている。

ファティアは店内を見渡すと、ほうっと感嘆の声を漏らした。

「凄い数ですね……って、ライオネルさん、さっき何て言いました？」

「ん？　だからファティアに魔導具を買いに来たんだってば」

「……えっ⁉」

ファティアは陳列棚の上に置かれている値札を事前にちらりと見ていたので、ぶんぶんと頭を横に振った。

「こんな高価なもの買っていただけません……！」

魔導具は基本的に魔術師しか使わないので、市場に出回る数は少ない。

その上ほとんどの魔術師は高給取りなので、値段設定がべらぼうに高いのである。

「大丈夫、大丈夫。蓄えだけはあるって言ったでしょ」

「そういう問題では……！　そもそも何のために……」

「この店は珍しい魔導具が置いてあってさ、修行に役立つものが見つかるかなと思って。ってなわけで、俺はダッドさんに魔導具の話があるから、ファティアは適当に店の中を見ててくれる？」

「わ、分かりました……」

ライオネルは割と強引である。

けれど修行に役に立つ――つまりライオネルに吸収魔法を使わせなくてもよくなるかもしれないとなると、ファティアが口を出せるはずなかった。

繋いだ手を離してから奥に行き、魔導具について話し始めたライオネルたちから、ファティアは陳列棚に視線を戻す。

様々な形状のものがあるが、魔導具には必ず魔石が埋め込まれている。ただの石というよりは、宝石のようなものに近い。

その中でもファティアは、アクセサリーを模して作られた魔導具に夢中になった。

「全部綺麗……キラキラしてて素敵……」

そういうものは母の形見でしか見たことがなかったが、ファティアだって年頃の女の子なので、アクセサリーや宝石といったものに単純に興味はある。

その中でも目に付いた魔導具に、ファティアはそっと手を伸ばした。

「これ……」

形や色は少し違うが、母の形見である赤い宝石が付いたペンダントにそっくりな魔導具を、ファティアは手に取ってじっと見つめる。

そしてそこで、とある考えが頭に浮かんだ。

(もしかして形見のペンダントって……って、そんなわけないわよね)

ふるふると頭を横に振ったファティアは、有り得ないだろうと自身の考えを頭の隅に追いやる。

「おか、あさん……」

今でも鮮明に覚えている、母との日々。

母――ケイナーは、優しい人だった。いつでもファティアのことを一番に考え、毎日大好きだと、愛していると伝えてくれた。

だからファティアはどれだけ貧乏な生活でも、心はいつも満たされていた。

生きていくために弱い体に鞭打って働き、無理がたたって若くして亡くなった母《ケイナー》は、ファティアの誇りそのものだった。

「……っ」

そんなケイナーの形見が奪われたことを、手の中にある魔導具を見て改めて自覚したファティアの心情は、切ないや悲しいという言葉だけでは言い表せない。

――視界がゆらゆらと揺れる。

ファティアは袖で両目を擦って涙を拭うと、そっと魔導具を陳列棚に戻した。

その様子を、話を終えたライオネルがじっと見ていたことに、ファティアは気が付かなかった。

ペンダントを戻してしばらくしてから、ライオネルに声を掛けられたファティアは、必死に笑顔を繕った。

しかしライオネルにいつもよりじっと見られている気がするので、ファティアはまずいと思い、ダッドに軽く挨拶をすると先に店を出る。

魔導具を購入し、荷物を持っていない方の手でさらりと手を繋いでくるライオネルが、慌てて店を出たことに対して深く追求してこなかったことはファティアにとって救いだった。

それから食材を買い、ファティアとライオネルは馬を繋いだところまでゆっくり向かう。

右手にはライオネルの手の温もり、左手には何も持っていない事実に、ファティアは我慢ならずに何度目かの懇願を漏らした。

「お願いですから少しは荷物を持たせてください……！　申し訳なさすぎて溶けます……」

「溶ける？　それはそれで見てみたいけど」

「冗談ですよ！　とにかく持たせてください!!」

修行のために買った魔導具が入った袋に、食材がぎっしりと詰まった袋。どう考えても一人に持たせる量ではない。しかも手を繋いでいるため、どちらも片方の手で持っているのだ。

ファティアはどうにかして奪えないものかと、えいっ！と手を伸ばす。

しかし、ライオネルは荷物を持った左手をヒョイ、と上げる。頭一つ分以上は身長差があるファティアの指先は袋に触れる程度で、奪い取るなんて夢のまた夢だった。

申し訳なさそうに眉尻を下げるファティアに、ライオネルはニコ、と柔らかく笑う。

「ゆっくり休むのも頑張ってって前に言ったでしょ。ファティアは今歩いてるからそれだけで十分」

「私は歩き始めの子供ではないですが……？」

「ははっ。確かにそれはそう。ファティアは俺の弟子で、凄く可愛い女の子だよ」

「!?　……そういうことを、言っているのではなくて……っ」

話が逸れてしまい、ファティアは空いた手をぷらんと下ろす。

このまま荷物を奪い取ろうとすれば、また甘い言葉を吐かれるかもしれないと思ったからである。

(ライオネルさん、今まで何人の女の子を泣かせてきたんだろう……しかも多分無意識に……恐ろしい)

満足そうにして歩くライオネルを横目に、ファティアはそんなことを思った。

——すると、一瞬静寂に包まれた二人の耳に、街の住民たちの声が届いてくる。

『レオン王子』という言葉に、二人は同時に歩速を緩めた。

「最近、レオン王子が婚約したんだって？」

「ああ、お相手は貴族の令嬢らしいが、何でも凄い力を持ってるって噂だ。どんな力なんだろ」

「——ファティア、こっちへ」

「はい」

立ち止まって話を聞きたいが、道の真ん中では人の迷惑になってしまう。

繋いだ手を引っ張られる形でファティアが道の端に行くと、二人は立ち止まり、男たちの会話に耳をそばだてた。

「三ヶ月後には婚約者を発表するパーティーが開かれるらしいぞ？　しかも、そのときにその婚約者の凄い力を披露するんだってよ。知り合いに王城勤めがいてさ、そいつがそう言ってた」

「まあ何でもいいけどよ〜、俺たち平民には関係のない話さ」

「まあ、確かにな」

（凄い力って……もしかして聖女の……）

ちらりと隣のライオネルの顔を見上げれば、何かを考えているような顔をしていた。

コクリと頷かれたので、おそらく同じことを想像しているのだろう。

ファティアがそろりと前方に視線を戻すと、ライオネルは少し屈んでファティアの耳元でぼそりと囁いた。

「そのロレッタって子の力が何なのかは、公にしてないみたいだね」

「ですね……」

聖女についての認識レベルの差はあれど、国民のほとんどが聖女の力が偉大で稀有だということは知っているらしい。

ファティアが一切知らなかったのは、母親が早くに亡くなったので聞かされていなかったこと、ずっと孤児院で生活していて世間とは隔離されていたからだった。

しかし聖女の能力――少なくとも治癒魔法については詳しいと言えるファティアは、そこではたと気付く。

「婚約パーティーで力を見せるって……おかしくないですか？」

「ん？」

「他の属性の魔法なら別ですけど、治癒魔法は……。誰かが怪我でもしているんでしょうか……自分自身には使えませんし……」

「……！」

ハッとしたライオネルの、無意識に繋いだ手に力が入る。

ファティアが「痛っ……」と反応をしたのを見て、サッと力を緩めた。

「ごめん、ファティア」

「……いえ。どうかしたんですか？」

「ちょっと、あんまり良くないことを考えてた。……まあ、とりあえず今日は帰ろう。今考えてもどうにもならないし」

「……？　分かりました」

そうして二人は再び馬を繋いだところまで歩き始める。

最後の最後まで、繋がれた手が離れることはなかった。

◆◆◆

家に着き、買ったものを整頓してから夕食の準備に入る。

今日は新鮮な魚が手に入ったので、ファティアは魚のソテーを作るつもりだ。

ソテーには色とりどりの野菜を添えて、じゃがいもをペースト状にしてもったりとしたスープを作り、おまけしてもらったパンをこんがりと焼く。

朝から仕込んであった苺のムースがきちんと固まっていれば、食後のデザートは成功だ。

「ファティア、天才。ふわふわなのにとろとろしてて、甘いけど甘すぎなくて、ちょっと酸っぱいのも美味しいし、毎日食べたいくらい」

「そんなに喜んでもらえるなんて……嬉しいです……！」

ご飯を美味しいと言って、ペロッと平らげたライオネルは、デザートに舌鼓を打っている。

普段それほど饒舌ではないライオネルとは思えない語り方からして、かなり好みだったようだ。

「また作りますね」

「うん。本当に美味しい……ご飯も美味しいしデザートまで作れるなんてファティアは凄い。いいお嫁さんになるね」

ライオネルはこういうことをさらっという。

ファティアにも分かってきたので、そうだと嬉しいです、と適当に同意しておけばよかったのだが。

「褒めすぎですよ……。料理ができても、こんなガリガリで孤児院出身で、『元聖女』の私に貰い手なんて中々見つかりません。いるとしたら相当な物好きです」

昼間、魔導具店で母の形見と似た魔導具を目にしたからだろうか。

少しマイナス思考になっているファティアの口からは、自虐的な言葉が漏れる。

（あーー！　私の馬鹿！　何でこんな余計なことを……）

ライオネルが弟子としてファティアを大切に思ってくれていることは、重々理解しているつもりだ。

だから謙遜を越えた自虐が、ライオネルを嫌な気持ちにさせてしまったかもしれないということは一瞬で理解できた。

多少マシになったとはいえまだやせ細った体に、孤児院の出身、『元聖女』であることは、別に今口に出さなくともよかったというのに。

「……ふぅん、物好き」

ずん、とライオネルの低い声が部屋に響く。

ファティアは肩をビクつかせた。早く謝らなければと本能が告げたので、慌てて口を開いたのだが、もう後の祭りだった。

「……ライオネルさん、すみ――」

「孤児院出身なんてこの時代珍しくない。気にすることはない。『元聖女』のことも、修行すれば『元』ではなくなる。体のことは」

――ガタン。

少し大きめの音を立てて立ち上がったライオネルは、テーブルを挟んで座るファティアの隣にまでスタスタと歩いてくる。

「えっ、と」

何を考えているか読めない表情のライオネルに見下ろされたファティアは、座ったまま体をライオネルの方に向けた。

すると、二の腕をがしりと掴まれて、勢いよく立つことになったファティアは、気が付けばライオネルの腕の中にいた。

「ライオネル、さん……？」

あとひと口。最後のひと口で食べ終わるはずだった苺のムースの味を一瞬で忘れてしまうほどの衝撃が、そこにはあった。

片方の手は腰に回され、もう片方は後頭部あたりに回され、力強く抱き締められたファティアから弱々しい声が漏れる。

「ライオネル、さん、あの」

返事がないのでもう一度呼びかけると、ライオネルが少しだけピクリと反応を示す。

身じろぎをしても、放してくれる様子はない。

「ファティア、今朝も言ったけど」

「は、はい」

しかし、話してくれる気はあるらしい。

理由も分からず突如として抱き締められたファティアからしてみれば、それだけで少し気が楽になった。

頷いてから、ファティアはライオネルの言葉に耳を傾ける。

「今のままで十分ファティアは可愛いよ。確かに細身だけど、初めて会ったときほどじゃないの、自覚ない？」

「……多少はマシかもしれませんが……」

「うん。もしまだ気にしてるなら、これからもっとゆっくりして、ご飯もいっぱい食べたらいい。作れない俺が言うのは何だけど、手伝うくらいはできるし」

「……っ、ライオネルさん、何でそんなに優しいんですか……っ」

(この人は……優しすぎる)

聖女の力があるといっても、今は治癒魔法を使えない。

聖女には『治癒』と『浄化』ができるとハインリが言っていたが、『浄化』とは何なのかも全く分かっていない。

修行のたびにライオネルが『呪い』によって痛い思いをしても、少しでも楽になればと手を握ることしかできない。

——何一つ、恩を返せていない。それなのにライオネルは優しくて、褒めてくれて、励ましてくれて、隠し事も無理に聞かないでいてくれる。

ファティアの目の奥が熱くなる。そしてそれは、じんわりとライオネルの白いシャツを濡らした。

「なん、にも、返せてないのが、申し訳ないです……っ」

涙と同時に溢れてしまったファティアの本音に、ライオネルは静かに頭を左右に振る。

「そんなことない」

「……！」

そして、間髪入れずに返ってくるライオネルの言葉に、ファティアは僅かに目を見開いてから次の言葉を待った。

「結構、俺はファティアに救われてる」

「えっ」

「少しだけ俺の話を聞いてくれる？」

頭上から、そう問いかけられたファティアが、小さくコクリと頷く。

耳の近くにあるライオネルの心臓の音が心地良いのはどうしてなのだろう。

ライオネルはファティアを強く抱き締めたまま、穏やかな声で語り始めた。

「前に、ファティアの髪を乾かしたとき、幼い頃から魔法が使える人が周りに多いって言ったこと覚えてる？」

「はい」

「それは家族のことで……自分で言うのも何だけど、うちは魔術師のエリートの家系なんだ。だから魔法が使えるのは当たり前で」

魔法が使えることが大前提の家ならば、確かに弱い魔法で褒められることなんてなかっただろう。

容易に想像できたファティアは、ライオネルの腕の中で小さくコクコクと首を縦に動かす。

「ほんと魔法にしか興味のない家族だったからご飯は食べられるならいいだろって、パンをそのままとか野菜を丸かじりとかばっかだったし、魔法の実験とかもしてたから人を入れたくないとかで家政婦を雇ってもいなくて、家が荒れることもあったから俺がよく掃除してた。洗濯もね。有り難いことに俺は魔法の才能がそれなりにあったから、修行以外に割ける時間があったし」

簡単に作ったご飯でも、ライオネルが心底喜んでくれたのは、家庭でそういうものが出たことがなかったからなのだろう。

料理ができない割に洗濯や掃除ができるのは、家を清潔に維持するためにやっていたからなのだ。

「だけど、魔法第一主義の家で育ったからなのか、俺自身がそうなのか……やっぱり俺にとって魔法は大切で――だから『呪い』の影響で魔力量が激減したことも、魔法を使ったら体に激痛が走ることも、結構堪えた。自暴自棄になって魔法を乱発して、毎日『呪い』の痛みに耐えるのもそろそろ辛かったし、そんな俺を見てるハインリにも何だか悪くて……魔法から離れようと思った」

だから魔術師の資格を返納し、団長の地位も退いたのだという。現時点では保留扱いだが、ライオネルは魔法が大切だからこそ、『呪い』が解ける目処が付かない現状が辛かったらしい。

だからライオネルは、魔術師として多くの功績を残したために与えられた屋敷からも離れ、街の外れに一人で暮らしているのだという。

どこかにふらふらと行ってしまいそうなライオネルに、この家を与えたのは第二王子だ。以前は別の人間が住んでいたそうだが、今は空き家なのでずっと住んでもいいからと。

外観に比べて中が綺麗なのも、料理をしない割にキッチンに道具が揃っていることにも、ファティアはようやく合点がいった。

「けどファティアを助けたときに久しぶりに魔法を使って服を乾かしたり、髪の毛を乾かしたり、魔力吸収をしたりしてファティアが喜んでくれたり、凄いって言ってくれたり、驚いてるのを見て、魔法を覚えたての頃の気持ちを思い出した。『呪い』はきつかったけど、ファティアが手を握ってくれるから本当にだいぶマシだし、実は今は『呪い』の痛みがそんなに怖くない」

「……？」

『呪い』が発動したときはファティアから手を握ってくれるでしょ。あれ、結構嬉しいんだよ」

「……なっ」

ライオネルにそんなふうに言われて、心臓が高鳴らない人なんて居ないのではないか。これは普通の反応なのだ。

ファティアはそんなふうに思いながらも、抱き締められていることもあってか、今更ながら全身がじんわりと熱くなってくる。

甘くて恐ろしい魔法にかかったような、そんな感覚だった。

「つまりね、ファティアには十分返してもらってるよ。ありがとう。……あ、それにいちいち反応が可愛いってのもあるな。そんなファティアを見れて役得。それに――」

「!?　……っ、もう、分かりましたから……！」

「本当？　分かってくれたなら良かった」

そのときようやく、ライオネルの腕の力が緩む。

ファティアはライオネルとの間に手を入れて少しだけ距離を取ると、その瞬間に顎を掬われて反応できなかった。

ライオネルの垂れた目と、バチッと視線が絡み合う。

「あ……」

「泣き顔もいいけど、ファティアはやっぱり笑ってる方が可愛いよ」

「か、か、か、かわっ……！」

「うん。照れてる顔も可愛い。あ、そういえば」

いつの間にやら平常運転のライオネルに、ファティアは必死に心を落ち着かせる。

そんなファティアの気持ちを知ってか知らずか、ライオネルはテーブルへと視線を残した。

「ファティア、食べかけだったよね、ごめん。はい、あーん」

「えっ」

スッとライオネルに握られたスプーンが口元に近付いてくる。

ぷるんっとほどよく固まった苺のムース——最後のひと口がそこには載せられていた。

「行儀悪いけど最後のひと口だから食べちゃいな。それで一緒に片付けして、ゆっくりしよう」

「自分で食べ——んんっ」

「美味しいね。ファティア」

口を開いた瞬間スプーンを突っ込まれてしまえばなすすべはなく、ファティアはもぐもぐと咀嚼してからごくんと呑み込んだ。

最後のひと口は、砂糖を入れすぎたのかというくらい、酷く甘い味がした。

第8章　『元聖女』は成長する

魔導具店に行ってから数日経ち、修行の翌日のことだった。

ライオネルに魔力を吸収してもらった日に重点的に修行をしているのだが、体に痛みや疲労などの変化が表れるのはファティアだけではなかった。

「おはようございます、ライオネルさん」

「ん……おはよ」

「痛みはもうないですか……？」

魔力吸収による『呪い』の発動はまちまちだが、今回は朝方だった。

呻き声を上げるライオネルに気が付いたファティアがすぐさま手を握り、その後すぐにライオネルは再び眠りに落ちた。

ライオネルが深く眠りについたのを確認してから、ファティアは静かに朝食の準備を済ませ、そして現在に至る。

ライオネルが身支度を済ませてから、二人でテーブルにつく。

今日も今日とて「美味しい」と連呼しながら食べるライオネルは、「そういえば」と話を切り出した。

「昨日の修行、魔法が使えてよかったね」

「はい。本当にライオネルさんのおかげです。魔力吸収もそうですが、教え方が分かりやすくて」

昨日ファティアは魔力吸収をしてもらい、魔力が練られた状態のとき、聖属性以外の四つの魔法を使うことができるようになった。

日常に役立てたり、魔物を討伐するような強力さはない微弱なものではあったけれど、ライオネル曰く、魔法を発動できるようになるだけで十分速いペースだという。

ライオネルが魔力を吸収する量は変わっていないので、ファティアの魔力の練り方の上達による成果だった。

ファティアは食具を置いて、深く頭を下げた。

「本当にありがとうございます……！」

「ううん。ファティアが頑張ったからだよ。魔力練るのはきついのに、諦めなかったもんね」

ライオネルにそう言われて、ファティアは照れながらも笑顔を見せる。

（治癒魔法はまだ発動できないけど……少しずつ修行の成果は表れている……！　ライオネルさんのために、頑張らなきゃ……っ！）

何も返せていないと嘆いた日、ライオネルに「もう結構返してもらっている」と言われてから、ファティアの心はだいぶ軽くなった。

諸々の申し訳なさがなくなったわけではないけれど、悩んだり嘆くよりは地道に一歩ずつ、前に進むしかないのだと割り切れるようになったといった方がいいだろうか。

何より、ライオネルの話を聞かせてもらってから、ファティアの中で、ライオネルの『呪い』の痛みをどうにかしてあげたいという思いが、『呪い』自体をどうにかしてあげたいという気持ちに変化を遂げた。

というのも、ライオネルの話を聞いて、彼は魔術師に、そして魔術師団に戻りたいのだろうと思ったからである。

そのためには『呪い』を根本的に解決しなければならない。

ハインリや第二王子が噛んでも未だに解決方法が見つからないということは、そう簡単ではないのだろう。

そこでファティアは、ハインリの言った『浄化』という能力について考えたのだ。『浄化魔法』を使えれば、『呪い』が浄化されるのではないかと。

(修行を続けて聖女の力が復活すれば、治癒魔法だけじゃなくて、浄化魔法も使えるようになるかもしれない。そしたら、ライオネルさんを『呪い』から解放してあげられるかもしれない……っ！)

何やら目をキラキラとさせるファティアに、ライオネルはその理由を知るはずもなく、「どうしたの？　楽しそうだね」と声を掛ける。

「楽しいというか……その。新たに目標が定まったと言いますか！　もっともっと頑張ります!!」

「ゆっくりするのも頑張ろうね。無理は禁物」

「はい……っ！」

新たな目標が定まり、食事も食べ終えた、そんなときだった。

「えっ」

「あ、来た」

突如テーブルとソファの間の床に、青白く眩い光が現れる。

よく見ればそれは魔法陣のようなもので、ファティアは何が起こるのかとドキドキして全身に力を込めた。

対してライオネルは至って平然としており、魔法陣の光が落ち着くとゆっくり立ち上がった。

「やっと届いた。危なくないから、ファティアもこっちにおいで」

「分かりました……っ」

ファティアは駆け足でライオネルのところに行くと、床を覗き込む。

もう魔法陣らしいものも光もなく、そこには小さな箱が一つ、忽然と姿を現していたのだった。

ライオネルはそれを手に取ると、迷うことなく開けて中身を取り出した。

そうして取り出したものを、ファティアに、はい、と手渡す。

「えっと……？　何が何だか……」

「さっきの魔法陣は転移魔法のもの。前にハインリが来たときに床に組み込んだやつ。ハインリの魔力量じゃ人は転移できないから、ものだけ送ってきたんだよ。で、それがこれ」

「これは……魔導具ですか……？」

「うん、そう。第一魔術師団には壊れかけの魔導具なんかもあって、そういうのなら許可を取れば持ち出せるから。もちろんハインリの副団長っていう肩書があっての話だけど」

ファティアに手渡されたのは、平皿のような形の真ん中に、青色の魔石が埋め込まれているものだ。

前回ハインリが来たとき、何かを用意してほしいとライオネルが頼んでいたのはおそらくこれ――魔導具のことだったのだろう。

「ですが、以前も街で魔導具を買ったじゃないですか」

「あれは一回しか使えないから。いざというとき用。修行にはこれを使おう」

「そうでしたね……」

実はライオネルが魔導具店で買ってくれたのは、一度に大量の魔力が吸収できるという、他にはない魔導具だった。

他にはない、というのは人気で売り切れという意味ではなく、需要がなくほぼ生産されていないという意味だ。

そもそも、ファティアやライオネルほど魔力量が多い者なんて類を見ない。

魔力を練りやすくするために微量の魔力を吸収できる魔道具ならば求める者もいるが、それもあまり需要は多くない。反対に魔力を一時的に増強する魔導具ならば、割と人気は高いのだが。

そんなわけでライオネルが購入したアクセサリータイプの魔導具は、ほぼ一点物といっていい品だ。

ダッドからも、魔力を大量に吸収できるものの、繰り返しは使えない奇妙な魔導具だという説明は受けたらしいが、ファティアは今更ながらに疑問を持った。

「この魔導具は所謂お古で、タダ、ですよね……？」

「そう」

「じゃあ、以前買っていただいた魔導具の値段って……」

「ファティアは聞かない方がいいんじゃないかな。一度しか使えないけど、一度も使えなくなると思うよ」

「わぁ……察しました。……ありがとうございます」

「うん、どういたしまして」

ハインリが転移魔法で送ってくれた魔導具の効果は、言わずもがな魔力を吸収してくれるものだ。

少量ではあるが、それなりに繰り返し使えるらしい。

「昨日も修行したばかりだけど、今日もできそう？」

「もちろんです！　やれます！　頑張ります！　精一杯やります!!　ライオネルさんが痛い思いをせずに済むんだったら、毎日だってやりたいです！」

「……手を握ってもらえなくなるのはちょっと悲しいな」

「え？　何か言いました？」

「いや、何も」

魔力を練るのには集中力がいるし、疲労することは確かだが、この魔導具があればライオネルに魔力吸収をさせずに済む。

つまり、ライオネルが『呪い』で苦しむことがなく、ファティアは修行に励むことができるのだ。

そりゃあもうファティアは、今までと比べて断然前のめりだった。

「この魔石に触れればいいんですか？」

「そう。そうすれば微量だけど勝手に魔力を吸収してくれるから……ああ、うん、その程度で

「大丈夫だよ」

魔導具に付いている魔石に数秒触れたところで、ライオネルからそう言われたファティアは、そっと手を離す。

魔導具をテーブルに置いたまま、ファティアはお腹に意識を集中して魔力を練り上げ始めた。

すると。

「ライオネルさん……！　魔導具のおかげで、魔力を練れました!!」

「うん、できてる。大体俺の魔力吸収と同じくらいの吸収量だから、まだ漏れ出してるけど、かなり上手に練れてる。……ファティアの努力の賜物だね」

「ありがとうございます……っ！　じゃあ早速、治癒魔法を使えるか試してみます！」

ファティアの修行の最初は、まずは聖女の力が使えるようになったかの確認から始まる。

「……すみません……まだ無理なようです……」

残念ながら、今回も淡い光の粒が現れることはなかった。

しかしお腹がかあっと熱くなる感覚は、聖女の力が使えていた当時とかなり似てきているので、落胆ばかりではない。

ファティアがまた明日も試してみます！と前向きな姿勢を見せたところで、今度は四属性の魔法の修行に入った。

「あ、凄い」

珍しく僅かに目を見開いて、そう言ったのはライオネルだ。

ファティアの手の上でゆらゆらと揺れる火に、魔法を使っている本人のファティアでさえも「うわ～」と声を漏らした。

「昨日はろうそくぐらいの火しか出ませんでしたが、今日は手のひら大の大きさになってます！」

「うん。魔力の吸収量はほぼ一緒だから、日に日にファティアの魔力の練り方が上手になってきてるってことだね」

「嬉しいです……！」

今のファティアは、溢れ出してしまうほど魔力が多いから、魔力が練られない状態だ。

そのためにライオネルに魔力を吸収してもらうか、魔導具に吸収してもらうことで、多少魔力量を減らして魔力を練られるようになっている。

とはいえ、練られているといっても、体内に残った膨大な魔力を全て練られているわけではない。

この練ることができる魔力量を徐々に増やしていくことが当面の目標だ。

「レベル1からレベル2になったってところだね」

「……因みに最大は……？」

「……未知数だね。少なくとも、ファティアが魔力吸収をせずに、魔力を練ることができるようになって、かつ全ての魔力を完璧に練られるようになるには一年や二年じゃ難しいんじゃないかな」

つまり、それまで聖女の力が復活しない可能性があるということだ。

「……頑張ります」

魔法の大天才であるライオネルがこう言うのだから、相当難しいことなのだろう。

ファティアは、ガーンという効果音が付きそうなほどに眉尻を下げたが、そのときスッとライオネルの手が伸びてくる。

頭を優しく撫でられたファティアは、気持ち良くて目を細めた。

「……撫でられるの、気持ちいいの？」

「はい……って、え!?　口に出してました!?」

「いや？　そうかなと思って。俺もファティアの頭撫でるの好きだからいいこと尽くしだね」

「……っ、口め……この口めぇ……」

後悔先に立たず。自身の口を片手で塞ぐ素振りを見せるファティアに、ライオネルは薄らと目を細めて微笑を浮かべると、「あ」と声を上げた。

「ごめん、言い忘れてた」

「何でしょう？」

「ファティアが強力な魔法を使えるようになったら、その分の魔力が勝手に消費される。そしたら魔力量が一時的に減るから、そのときなら聖女の力が使えるようになるかもね」

「……！　なるほど……！」

つまりライオネルが何を言いたいかというと。

ファティアの魔力を練る技術では、体から溢れ出すほど魔力が多いことが仇になっている。が、強力な魔法なら魔力消費が多いので、溢れ出す魔力分を消費することができるようになり、それに伴って完璧に魔力を練り上げられるようになれば、聖女の力が復活するのでは？ということだ。

とにかく、今は強力な魔法を使うための修行——魔導具に魔力を少しでも多く吸収させて、魔力を練る精度を高めていくのを繰り返すしかない。

「因みに、今のレベルで魔法を連発すれば魔力の消費って……」

「一日中やっててもほぼ無意味」

「なるほど……」

やはり地道に頑張るしかなさそうだ。

ファティアは聖女の力を復活させるべく、今日も修行に励んだ。

◆◆◆

一方その頃、『聖女』を名乗るロレッタといえば。

「ハァ……ハァ……。やっ、と、治った、わ……っ、前はもっと早かったのにぃ!!」

第9章　『現聖女』は弱体化を目の当たりにする

ロレッタは現在、メルキア王国王太子であるレオンの婚約者として、王宮内の﹅ロ﹅レ﹅ッ﹅タ﹅専用の部屋にいた。

本来ならば婚姻を結ぶまでは客間や応接間に通されるのだが、レオンの寵愛からか、既に王宮内にロレッタの部屋が準備され、ロレッタもそこに何食わぬ顔でふんぞり返っている、というのがここ数週間のことである。

「聖女様、いかがされました……？」

突然、息を乱して大声を上げたロレッタに、侍女の一人が声を掛ける。

するとロレッタは肩を上下させながら振り返り、目をこれでもかと吊り上げて大きく口を開いた。

「うるっさいわよ!!　あんたはこの女を連れてさっさと部屋を出ていきなさい！」

「……ヒッ。か、かしこまりました」

命令された侍女は言い付け通り、ロレッタの前で跪き、先程擦りむいた腕を出していた同僚の手を取ると、そそくさと部屋を出ていく。

擦りむいた腕を治癒してもらった侍女と、治癒魔法を使っている様を部屋の隅から眺めていた侍女は、腕が治癒される様子を見て、ロレッタが何に対して怒っているのか分からなかった。

――パタン、と扉が閉まり、ロレッタはふらふらとソファに倒れ込む。

肘置きに片手と頭を乗せるような体勢で寝転ぶと、床にぶらんと足を投げ出した。

「まずいわ……どんどん治癒するのに時間がかかるようになってる。……っ、どうして……!!」

遡ること数週間前。

ファティアを追い出す少し前に、ロレッタはレオンから婚約の申し出があった。

というのも、父と共に何度も何度も王宮に通い、聖女の力は本物だと証明したからこそだ。

ロレッタはようやく聖女として認められ、そして次期王妃という、貴族令嬢なら喉から手が出るような立場を得ることができた。

それからは、レオンに愛の言葉を囁かれる日々。婚約者という立場ながら部屋を用意してもらい、ドレスや宝石だって好きなものを買っていいという。

ただ、その見返りとして定期的にレオンが連れてきた人物の治癒をすること、聖女の力がより強くなるよう訓練に励むこと――この二点だけは口が酸っぱくなるほど言われ、ロレッタはもちろんですわ、と快諾した。

――しかし今、ロレッタは窮地に立たされている。

「このままじゃ――」

「ロレッタ？　侍女が慌てて出ていったがどうかしたか」

「!?　レオン様……!!」

どうやらノックの音に気が付かなかったらしい。

近衛を部屋の外で待機させ、一人で入ってきたレオンの姿に、ロレッタは慌てて起き上がった。

そんなロレッタの隣にレオンはゆっくりと腰を下ろすと、手慣れたようにロレッタの肩に腕を回した。

「――それで、何かあったのか？」

「い、いえ！　聖女の力の訓練をしてましたの。それで少し疲れてしまったので、気を使って出ていってくれたのだと思いますわ」

「そうか。それほどまで励んでいたなんて、私の聖女は何て健気で頑張り屋なんだ！」

満面の笑みを向けるレオンに、ロレッタは乾いた笑みを浮かべる。

（言えない……聖女の力が、弱まってきてるなんて……）

ロレッタの聖女の力は元々、ファティアに比べて弱いものだった。

擦り傷や打撲は治せても時間はかかるし、骨折や内臓の病気には治癒の効果はなかった。というよりは、治癒の力が足りない、と言った方が正しいかもしれない。

それでも、治癒魔法は聖女にしか使えないので、ロレッタは聖女として認められたし、結果的に聖女だからレオンの婚約者となった。

しかしそれは今後、聖女の力がより強力になるという前提の話だ。

会うたびに『本来の聖女の力はこんなものではないだろう？　早く本当の力を見たいな』と言われ、ロレッタは分かりやすく焦っていた。

「で、訓練の成果はどうだ？　そろそろ大きな怪我や病気にも効果が出そうか？」

「え、ええ！　もちろん！　最近めきめき力が強くなっていて！　自分でもびっくりしてますの」

「ほう。それは楽しみだな。ということは、やはり、以前に行った大臣の子息のときは調子が悪かっただけなのだな？」

ロレッタは未来の王太子妃という地位を確固たるものにするべく、最近はレオンに自身の能力は成長していると嘘の報告をしていた。

しかしそんなとき、レオンが連れてきた人物を治癒するという仕事が舞い込んだことがあった。

それは大臣の子息であり、内臓を患っていた。ロレッタには、到底治せないような重い症状だった。

まう。
『今日は調子が悪くて……』とその日は上手く躱したが、何度も続けていては不審がられてし

だからロレッタは今日、侍女の一人が擦り傷を負っていたので、レオンがいない状況で治癒魔法を使ってみたのだが。

——間違いなく、初めて治癒魔法が使えた日よりも、治癒に時間がかかるようになっていたのだ。

何となく感じていたが、聖女の力が少しずつ弱くなっているのは間違いなかった。

「は、はい！　もちろんですわ！　けれどその、大きな力は体力を使いますので、しばらくはお休みをいただきたいですわ」

「そうだな。休養は大事だ。……よし、私たちの婚約披露パーティーまではゆっくり休むといい。それと、今度息抜きに街へ出かけようか」

「ありがとうございます、レオン様!!　楽しみですわっ！」

(これでしばらくはバレずにいられるわ……この間に原因を突き止めなきゃ……力を使わず休んでいれば、戻る可能性だって……もしかしたら、急に効果が高くなるなんてこともあるかもしれないわっ!!　きっとそうに違いないわ……!!)

根拠は一切ないけれど、ロレッタはそう信じて疑わなかった。

ファティアは今、聖女の力が使えない。使えるのはロレッタ。つまり、本物の聖女は自分な

のだと。

　この事実が、ロレッタを無駄に過信させた。

「では愛しの聖女よ、私は忙しい故そろそろ行く。一応確認だが、披露パーティーでの君の役割は覚えているな？」

「え、ええ！　もちろんですわ！　お任せください！」

「それは心強い。うまくいけば聖女として、そして私の妻として、君はこの国で誰もが羨む地位を手に入れる。……頼んだぞ」

　そう言い残して部屋をあとにしたレオン。

　ロレッタは自身の手に汗が滲んでいることに気が付くと、深呼吸を繰り返してから口を開いた。

「大丈夫よ大丈夫。婚約披露パーティーにはきっと、物凄い治癒魔法が使えるようになるんだから……！　だって私が、聖女だもの」

　能力を過信することしかしないロレッタは、胸元に光る赤いペンダントに、以前の輝きがないと気付くことはなかった。

第10章 『元天才魔術師』は気付かされる

魔導具を使用しての修行を始めてから、早くも一ヶ月が経った。

ファティアの魔法は日に日に上達し、以前よりも魔法の威力が上がった弊害で、最近では室外で修行することが多くなっている。

「ファティア、寒くなってきたしそろそろ家に入ろうか」

季節は冬になり、時折雪が降っている。つい先日街に買い物へ行ったときにライオネルが買ってくれたコートを着たファティアは、彼のあとに続いて家へと入った。

本当はもう少し修行をしたかったが、風邪を引いては元も子もない。

「何か少し寂しいな」

「え？　寂しい、ですか？」

今日作ったポトフを食べながら、ライオネルがぼそりと呟いた言葉にファティアはスプーンを止める。

食事中に食事の感想以外を言うライオネルなんて、今までほとんど見たことはなかった。

「うん。ファティアが成長するのは自分のことのように嬉しいけど、最近ファティアから触れてくれないし」

「触れてくれないし、って……!?」

おそらくライオネルが言うそれは、『呪い』が発動したときに手を握る行為のことだろう。

魔導具を使用してから『呪い』が発動していないので、ファティアからライオネルの手を握ったことは、ここ一ヶ月はなかった。

(そんなふうに言うなんて、まるで触ってほしいみたいじゃない……っ)

ライオネルは何の気なしに言っているのだろうが、期待してしまう自分が憎い。

ファティアは顔だけでなく耳まで真っ赤に染めたまま、ライオネルにやや鋭い目線を向けた。

「他の人にそういうこと言うと、勘違いされますよ……!」

「ファティア以外に言わないよ。それに俺は思ったことを言っただけ」

「っ……！　ご馳走さまでした!!」

「あ、逃げた」

急いで食べ終えたファティアは、皿を持ってキッチンへと逃げる。

言葉だけなら、まだはいはいと聞き流すことができた。

けれど瞳に——ライオネルの愛おしい者を見るような瞳に、ファティアは耐えられなかった。

（だめ……この人は師匠……家主……天才魔術師……私が対等に好意を持っていいような人じゃない……）

ファティアはそう自分に言い聞かせながら、キッチンのシンクで手早く洗い物をする。

テーブルから、未だ熱を帯びた視線が向けられている気がしたけれど、気が付かないフリをした。

◆◆◆

昼食のあとは、いつもと変わらないライオネルに、ファティアもできるだけ平常心で過ごした。

毎日修行をするようになったので、その分ゆっくりするのもファティアの仕事の一つだと言われ、今はソファに座って読書をしている。隣には同じく読書をするライオネルだ。

幼少期に、今は亡き母から教えてもらったおかげで字の読み書きに困らないのは、こういうところでも有り難かった。

「ライオネルさん、最近読書に夢中であまり寝てないですよね？　睡眠不足は体にあまり良くないですから、お昼寝してはどうですか？」

距離が近いからか、今朝のことを思い出してか、読書をしてもあまり頭に入ってこないファティアは、ライオネルにそう尋ねる。

ライオネルは本からファティアにそろりと視線を移すと、ニコ、と柔らかな笑みを浮かべた。

「ファティアも一緒に寝る？」

「⁉　ねっ、ねねねねね！　寝ません……！」

「そっか。残念」

返答が分かっていたくせに、残念だなんて言うライオネルに、ファティアは本を閉じる。

心臓を落ち着かせるために紅茶でも入れようかと立ち上がると、呼び鈴がチリンと鳴ったので、ファティアはちらりとライオネルに視線を寄せた。

「ハインリさん、ですよね？」

「だろうね。せっかくゆっくりしてたのにうるさいのが来た」

残念そうな顔をするライオネルだったが、以前に転移魔法で魔道具を送ってくれたことに恩は感じているのだろうか。渋々と出迎えている様子を、ファティアは目で追った。

それからファティアも軽く挨拶をすると、紅茶を三人分用意してから席についた。

「お久しぶりです、お二人とも。……何だかファティアは健康的になりましたね」

「本当ですか！　ありがとうございます！」

「ライオネルは……何だか寝不足ですか？」

「……。で、何の用事で来たの？　あ、魔導具の件はありがとう。助かった。で、何の用事？

早く言って早く帰って」

「どれだけ私を早く帰したいんですか!!」

「ふふっ」

二人のやりとりを見ると、ついつい笑ってしまう。

ひとしきり笑い終えると、ハインリが「少し大事な話が――」と切り出したので、ファティアは急いで紅茶を飲み干すと、慌てて席を立った。

「私は外で修行をしていますので、お二人でゆっくり話してください！」

「え、ファティア――」

「では！　厚着しますのでご心配なく！」

前回は何だかんだほとんどの話を聞いてしまったファティアだったが、よくよく考えればライオネルとハインリはこの国においてかなり重要な人物だ。

その話を聞くのはどうかと思っての、ファティアの行動だった。


「行ってしまいましたね……私としてはどちらでも構わなかったのですが」

「――まあ、もしファティアと共有した方がいい話があるなら俺があとで話すから構わないよ。……で、話って？」

お茶と一緒に出してくれたファティア手作りのクッキーを一枚口に入れたライオネルは、もぐもぐしながら窓の外に視線を移す。

ファティアは、今は土魔法を修行しているようで、腰あたりまでの土壁は出せているようだ。

「彼女――もうあそこまで魔法が使えるようになったのですか!?」

ライオネルがとても真剣に窓の外を見るものだから、ハインリもつられて視線を移すが、あまりにも早い上達に声が大きくなっている。

ライオネルが視線でうるさいよ、と訴えると、ハインリは咳払いをして落ち着き、再びファティアへと視線を戻した。

「普通、魔力を練れても魔法に変換するのに半年はかかりますよ……それなのに……」

「そうだね。魔法に変換するだけなら一ヶ月もかかってない。優秀」

「……ライオネルは確か二日でしたか」

「そうだっけ。よく覚えてるね、そんなこと」

「そんなことではありません!」と再び大声を上げるハインリに、ライオネルは面倒くさそうな視線を送った。

「ほんっとに、昔から声が大きいんだよ」

「すみません……」

「……それで、話ってもしかして、王太子殿下の婚約披露パーティーのことだったりする？」

「……！　もう耳に入ってましたか！」

流石はライオネル！と何故か持ち上げられるが、実際は街に行ったときに偶然耳にしただけだ。

褒められることではなかったけれど、何を言ってもハインリはうるさいだろうと、ライオネルは口を噤んだ。

「実はロレッタ嬢が、そのパーティーで聖女の力を大々的に示すという話が貴族たちの間で持ちきりなのです」

平民にはレオンの婚約者が（自称）聖女であることは伝わっていなかったが、流石に貴族たちは耳が早い。

レオンを支持する貴族が多く呼ばれる中で、その婚約者であるロレッタが聖女の力を示せば、レオンの次期国王の座は確固たるものになるのは間違いないだろうが、ライオネルとハインリはそれを良しとは思っていなかった。

そもそも、メルキア王国では基本的に王族だろうと貴族だろうと、男子の出生の順で全てが決まる。次期国王もしかりだ。

しかし、第一魔術師団は第二王子であるアシェルを次期国王に推している。

他にも第二騎士団や大臣の三分の一は、アシェルを次期国王にと推しているのが現状だ。

「アシェル殿下は聡明なお方です。民のことを一番に考え、今でも身を粉にして働いていらっしゃる。しかし、レオン殿下は――」

ハインリが言わんとしていることが嫌というほど分かるライオネルは、ハァと乾いたため息をついた。

レオン・メルキア――メルキア王国第一王子、王位継承権第一位。

自身の考えが全て正しいと疑わず、家臣の声には耳を貸さず、政《まつりごと》で問題が起きれば、すぐさま税を上げることで金策を講じる。

事態が収拾すれば自身の手腕を鼻高々に語り、民が生活苦に陥っても見て見ぬフリをし、どころか気が付いてもいない。

女性のことは自分の飾り程度にしか思っておらず、ロレッタを婚約者に選ぶまでは両手では足りないぐらいの数の女性と関係を持っていた。

――所謂、未来の愚王を想像させるような男だった。

今は国王が主に政策を行っているため、家臣や第二王子のアシェルがレオンの尻拭いをすれば、民にそれほど負担をかけずに済んでいるが、それも持ってあと数年の話だろう。

長子相続主義の国王は相当なことがない限りはレオンを次期国王だと決めているようで、レオンの愚行を見ても、いずれは人間として成長するだろうという甘い考えだ。

そんな国王自身がレオンを次期王に据える算段だからこそ、アシェルの方がという声はあまり大きく聞こえてこない。

「今回のパーティーで、レオン殿下に、後継者は自分だと見せつけたいのは間違いありませんね。……聖女だと名乗るロレッタ嬢が婚約者なんて、尚更……」

「……そのことなんだけど」

ハインリが悔しそうに嘆く姿に、ライオネルはいつもの涼しい顔を見せる。

「聖女の力――治癒魔法を見せるには、誰かが怪我をするか、または病気を公表しないといけない」

「……！」

「パーティー会場で大勢に見せつけるなら、分かりやすいのは外傷だと思う。それに病気と違って、不慮の事態に巻き込まれれば、誰だって怪我をする可能性がある――」

そこでハインリの顔はさあっと青ざめる。

ライオネルが言わんとしていることが、早くも理解できてしまったからだ。

「もし不慮の事態でアシェル殿下が大怪我をしたとして、それをレオン殿下の婚約者であるロレッタ嬢が聖女の力を使って助けたとしたら」

「聖女の力は大々的に示され、そんな聖女を婚約者に持つレオン殿下の支持率は圧倒的なものになります……！　次期国王の座は揺るがないものとなるでしょう」

「だけど問題はそれだけじゃない。擦り傷程度でも治すのに時間がかかるロレッタ嬢が、果してそれなりに大きな外傷を治せるのかってこと。力を見せびらかしたいなら擦り傷や打撲程度の傷じゃあ箔が付かないって考えるでしょ、あのレオン殿下なら」

怪我は酷ければ酷い方がいい。その方が聖女の力で治癒したときの驚きが大きくなるから。

痛みや恐怖は強い方がいい。その方がアシェルはロレッタに感謝し、レオンに仇なす可能性を摘めるから。

そんなレオンの考えは手に取るように分かるが、それは全てロレッタの聖女の力にかかっている。

ハインリが見たというロレッタの能力と、ファティアが本物の聖女だと仮定すると——。

「ハインリ。戻ったらすぐこのことをアシェル殿下に報告して。一応ファティアのことは隠しておいてね。立場があるから欠席は難しいかもしれないけど、せめてパーティーのときは護衛を増やすようにとも伝えて」

「分かりました。当日は私も護衛に加われるよう、頼んでみます」

「うん、それと……当日は俺も参加できるようにしておいてって、伝えて」

「⁉　ライオネル、貴方もしかして……！」

ハインリの瞳に光が宿る。ライオネルは気まずそうにしながら、目を逸らした。

「期待に添えなくて悪いけど、『呪い』が解けたわけじゃない」

「……そ、そうですか……では、何故……？」

「そもそも、ライオネル・リーディナナントとしては参加しないよ。適当に変装して行くから、招待客の中に無理矢理組み込んでおいて。どっかの子爵令息とかで、まあ、適当に」

「中々無茶なことを言ってる自覚はありますか⁉」

基本的に婚約披露パーティーの招待客リストはレオンが握っている。

アシェルの護衛として加わるならばどうにかなるが、招待客として潜入するのはかなりハードルが上がるのだ。

ただ、確かに招待客に紛れた方がレオンからは警戒されない。

ライオネルの変装の程度はさておき、今は第一線から退いていることは国の中枢には知れ渡っているので、レオンもまさかライオネルがパーティーに客として参加しているだなんて夢にも思わないだろう。

ハインリは数秒考えてから、右手で眼鏡をクイと上げた。

「アシェル殿下にどうにかしてもらいましょう。かなりの規模のパーティーですから、アシェル殿下が個人的に貴族の友人を一人や二人呼んだところで、レオン殿下もそれほど重要視しないでしょうし。……多分、多分‼」

「うん。任せた」

「……しかし、一体どういうことですか？　『呪い』が解けていないのなら、もし何かあってもライオネルが魔法を無理に使う必要はないのですよ。今の貴方の魔法の威力は、団員たちとそう違いませんし」

気遣ってくれるハインリに、「どこから話そうか」と呟いたライオネルは、窓の方をちらりと見た。

「窓の外の山、見てて」

「……？　山？」

ファティアが修行している庭が見える窓からは、山がよく見える。

換気のために少しだけ開けてある窓の隙間を指さしたライオネルは、息をするように魔力を練り上げ、そして。

――シュンッ、とライオネルの指先から風魔法が放たれた。

呪いによって魔力が激減したライオネルの魔法の威力では山を削ることはおろか、距離的に届かないはずだったというのに。

「ラ、イオ、ネル……貴方……」

「……少し前から半分くらいは魔力量が回復してる。多分、『呪い』が少し解けてきてる」

山の一部が抉れた様を見ながらしれっと言ったライオネルに、ハインリは目が飛び出そうなほどに驚いた。

ライオネルが自身の変化に初めて気が付いたのは、ファティアと暮らし始めてすぐだった。

(何だか最近……魔力が増えている気がする)

ライオネルは『呪い』によって、魔力が本来の十分の一まで少なくなっていた。

回復薬や回復魔法などがないこの世界では、体を休めるか、眠ることで魔力を回復するしかなかった。

しかしライオネルの魔力はどれだけ休もうが、眠ろうが、本来の十分の一までしか回復しないため、それが現在の最大値であることを示していた。

だというのに、ファティアの修行に付き合った次の日、『呪い』の苦しみから耐えて目を覚ますと、何故か魔力が増えていたのだ。

当初はファティアの魔力を吸収することで、一時的に魔力が補われているのかと思っていたが、それは理に反している。

魔力吸収はライオネルの魔力に空きがあったときに初めて回復するもので、それも自身の最大値を超えて回復することはないのである。

つまり、ライオネルの現時点での魔力量の最大値を一とするならば、いくら魔力吸収をしても一以上になるはずはないのだ。

(どういう原理で……まさか聖女の力が関係してる？)

普通ならば有り得ないことも、ファティアなら起こせるのか。だとしたら聖女の力しか考えられない。

ライオネルは再び頭を捻った。何かを見過ごしていないだろうかと考えると、もう一つの変化に気が付いた。

――魔法を使用したあとに発動する『呪い』による痛みが、少しずつ和らいでいったのだ。

ファティアが触れてくれることで痛みが和らぐのは、彼女の溢れ出す魔力にも聖女の力が含まれているから、というのはほぼ間違いない。

だから痛みが和らぐのは不思議ではないのだが、一度目よりも二度目、二度目よりも三度目の方が明らかに痛みが軽く、そして短くなっているということについては、説明がつかない。

ファティアの漏れ出す魔力が多くなったわけではないことはライオネルの目で確認済みなので、そうではないとなると、残った可能性は――。

◆◆◆

ライオネルの仮説を聞いたハインリは、ゴクリと唾を呑んだ。

そんなハインリの瞳に光が宿ったのは、学友であり、同じ魔術師であるライオネルの『呪い』が解ける兆しが見えたからだった。

「つまり、『呪い』発動時のファティアとの接触。もしくは魔力吸収によるファティアの魔力が直接作用して、『呪い』が弱まっていると」

「うん。『呪い』による明らかな痛みの減少、魔力の減少の回復は、ファティアの聖女の力――『浄化』が大きく作用している。多分、間違いない。……それで詳しく検証したかったんだけど……まさかここで魔導具が邪魔になるとは思わなかった」

「と、言いますと？」

「ファティアが魔導具を使うことで修行ができるようになると、俺がファティアの魔力を吸収する必要はないでしょ。つまり魔法を使わないから『呪い』も発動しない」

「あ」

当初は検証をしたいから、魔力吸収をさせてほしいことと、痛みがある間は手を握ってほしいとファティアに伝えようかと思ったが、それは言うのを留めた。

というのも、ファティアはライオネルが痛みで苦しむたびに、とんでもなく辛そうな顔をするからである。

出会ってすぐにわざと魔法を使い、『呪い』の痛みについて検証したとき、泣きそうな顔で『いくら検証のためでもわざと「呪い」を発動するような真似はやめてください……っ！』と懇願されたことも、一つの要因だった。

だからライオネルは、絶対にファティアにはバレないように検証しなければならなかった。

「ここ一ヶ月くらいは、毎日ファティアが寝静まってからこっそり魔力吸収をしてる。それで『呪い』が発動したら外に出て耐える。その繰り返し」

「だから目の下に隈が!?　寝不足かもという私の予想は当たっていたわけですね!?」

「……ファティアには本に夢中で夜更かししてるでどうにか通してるんだから、余計なことを言わないでね」

「せめて家の中で耐えては？」

「痛みで声が出て、ファティアが起きたらどうするの。心配するでしょ」

「まあ、そうかもしれませんが……」

最近のファティアは、ライオネルに負担をかけずに修行ができることを心から喜んでいる。

今だってそうだ。寒い中でも庭で修行する瞳はキラキラと輝いていて、ライオネルはその瞳を曇らせたくなかった。

じいっと見てくるハインリの視線を感じたライオネルは、窓越しに捉えていたファティアからそっと目を逸らした。

「話を戻すけど、ここ一ヶ月の検証の結果を話すよ」

「え、ええ。お願いします」

「繰り返しになるけど、ファティアの魔力を吸収することで、俺の呪いが弱まり、痛みの軽減と魔力の増加が見られた」

「はい」

おそらく『呪い』発動時、ファティアの溢れ出した魔力のおかげで痛みが楽になったのは一時的なものだ。

根本的に『呪い』に作用しているのは魔力吸収の方だろう。

今思えば、ライオネルが自身の魔力量の変化に気が付いたのも、魔力吸収ありきで修行を始めた次の日だった。

「魔力吸収の反動で『呪い』が発動するのは苦しいかもしれませんが、これを続ければ呪いは解けるのでは!?」

まるで自分のことのように嬉しそうに話すハインリに、ライオネルは何とも言えない顔を見せる。

ことはそう単純ではなかったのだ。

「もうかれこれ二週間くらいかな、魔力が増加してない。『呪い』の痛みもある時期から変わらなくなった。……多分この方法では、頭打ちなんだと思う」

「……！　では、『呪い』を解くにはファティアが聖女の力を完全に取り戻すしかないということでしょうか……」

「それなら高確率で呪いは解けると思うよ。……それともう一つ、方法は考えられるけど……」

何だか言いづらそうにするライオネルに、ハインリは前のめりになって問いただす。

けれど、ライオネルの口から放たれる言葉に、ハインリはピキッと体を硬直させることになった。

「魔力吸収の量と質を向上させる方法、ハインリも知ってるよね」

「……!?」

「『呪い』を解きたいから、俺と額をくっつけてってファティアに言うの？　それでだめならキスさせてって？　ファティアの気持ちを無視して、そんなこと言えるはずがない。……だってあの子、物凄く俺に感謝してるんだよ。……多分、嫌だろうが何だろうが、その身を差し出すに決まってる」

――だからこそ、絶対に言えない。言いたくない。

やや言葉尻を強めて言うライオネルに、ハインリはそれでも『呪い』を解くために頼んでみましょう、とは言えなかった。

ただ、咄嗟に口から零れてしまったのは。

「ライオネル――貴方は、ファティアのことを――」

ハインリがライオネルと出会ったのは十二歳のとき、王立魔法学園に入学した日だった。

同世代には王族や高位貴族の令息令嬢もいたが、王立魔法学園は完全な実力主義ということで、代表の挨拶をしたのはライオネルだった。

魔術師のエリート家系の出とはいえ、爵位を賜っていないライオネルが堂々とそこで挨拶する姿は、伯爵家の出であるハインリからしてみれば衝撃だった。

同時に強く憧れを持ち、ハインリはライオネルに頻繁に話しかけるようになっていった。

当初はハインリのことを鬱陶しそうにしていたライオネルだったが、根負けしたのか、いつしか友人とも呼べるほどに親しくなったのである。

それから学園を卒業し、配属された第一魔術師団でも、団長と副団長になった二人。

ハインリはライオネルのことをずっと傍で見てきたので、どれだけ魔法のことが好きか、どれだけ『呪い』を解きたいと思っているかも、本人を除けば一番よく知っていると胸を張って言える。

だからこそ、呪いを解くことよりも、魔法がまた自由に使えるようになるよりも、ファティアの気持ちを優先しているのは、つまり——。

「ライオネル——貴方は、ファティアのことを——」

「何？」

「——いえ、何でもありません」

「……何なの、変な奴」

喉まで出かかった言葉を、ハインリは呑み込んだ。

こういうことは誰かに言われるのではなく、自分で気付くことに意味があるのだと思ったから。

ハインリがそう思っていると、玄関からおずおずと、ファティアが顔を出す。

「お邪魔してすみません。……何だか山から変な音が聞こえたので一応ご報告をと」

「ああ、あれね。腕が鈍るといけないから、たまには魔法を使えってハインリに言われただけ」

「え⁉」

「いつの間にやら私のせいに⁉　違いますよ‼　違います‼」

それから無事にファティアの誤解は解けたものの、魔法を使ったことによりライオネルの『呪い』が発動したのは言うまでもない。

◆◆◆

「……ん」

ライオネルが重たい瞼を開けたのは、次の日の早朝だった。

まだ朝日は昇っておらず、外は夜と同じような暗さがある。

その暗さに目はすぐに慣れ、ライオネルは自身の手に重ねられたぬくもりの方に視線を向けた。

(ファティアは……まだ寝てるのか)

昨日は夕方頃から『呪い』が発動し、例に漏れずファティアはずっと付き添って手を握ってくれていた。

マシになったとはいえ痛いことには変わりないので、その間に体力を消耗したのか、痛みがなくなるとほぼ同時に眠ってしまっていたらしい。

半日弱眠っていたので体が少し強張っているが、そんな中で右手にある小さくて柔らかなファティアの手に、ライオネルは、ふ、と小さな笑みを零す。

（寒いだろうに、こんなに薄着で……ベッドにもたれかかるようにして寝てるし……全くファティアは）

痛みのあるライオネルを放っておけず、日が暮れて寒くなってきても上着を羽織るために一瞬でも離れることを良しとしなかったファティア。

痛みが治まって眠っていたライオネルの手を放すことで起こしてしまわないようにと、しばらく手を繋いだままでいたのだろう。自身も魔法の鍛錬のしすぎで余程疲れていたのか、ライオネルと一緒に寝てしまったらしい。

「ファティア、ごめん。ありがとう」

起きてからも伝えるつもりだが、どうしても言いたくなった。

上半身を起き上がらせたライオネルは、ソファに伏せるようにして、床に座って眠るファティアの頭をそっと撫でる。

（よく寝てる……）

頭を撫でても、ファティアは一切反応を見せない。

魔法を使い始めてすぐの頃は、ライオネルもよく食事を飛ばすくらい眠っていた。

「よいしょ、と……」

どうせ眠るならばベッドの方がいいに決まっている。

ライオネルはファティアを起こしてしまわないように気を付けながら、お姫様抱っこをすると、彼女をベッドへと優しく下ろした。

変わらずスースーと規則正しい寝息を立てていることから、起こさずに済んだらしい。

ライオネルはホッと一息つくと、ベッドサイドに腰掛ける。

そのまま体を少し捻ると、ライトグレーの柔らかな髪を掬い上げた。

「ファティア……」

目の前でぐっすりと眠る少女――ファティアの頬は、だいぶふっくらとした。

体にも女性特有の丸みが出始め、もう出会った頃の可哀想なほど痛々しくやせた様子はない。

肌も髪も本来の艶を取り戻し、ハインリは「健康的になった」と言っていたが、あれは「美しくなった」という意味と捉えていいだろう。

(この前街に出かけたときも、たまにファティアを見てる奴がいたな……今ならもっと注目されるんだろうけど)

ライオネルの贔屓目なしで、本来のファティアはかなり美しかった。辛い状況に置かれすぎたせいで、美しさが身を潜めていただけで。

ライオネルにとっては初めから可愛い女の子ではあったが、確かに今の方が誰もが可愛いと思うような容姿には違いない。

「……ん……ふへ……」

「……ふっ、何に笑ってるの」

何か良い夢を見ているのか、眠りながら笑みを零すファティアにつられてしまう。

穏やかに眠るファティアの姿に、ライオネルは胸がじんわりと温かくなる。

けれど同時に、ファティアのことを思うと胸がギュッと締め付けられたように痛むこともある。

「……ねぇ、ファティア。一体何を隠してるの」

出会ったときから、ファティアは何故かザヤード領からベルム領に来た理由をはぐらかしていた。

観光と言っていたが、あれが嘘だということは最初から分かりきっている。

口を滑らせてしまっただけで、『元聖女』であることも、言うつもりはなかったのだろう。

それに聖女の力が急に発動しなくなった理由も分からない。

以前、魔導具店で切なげにとある魔導具を見ていた理由も、あまりに辛そうで聞けなかった。

(それにあのロレッタとかいう子、あの子は何者なんだ)

間違いなくファティアが聖女のはず。

十数年に一度、聖女は生まれる。奇跡的に同時期に二人が生まれたということも考えたが、
ハインリの話を聞く限り、ファティアと比べてその能力はあまりに弱い。

まるでファティアの持つ聖女の力の一部が、移ったような――。

（……有り得るのか、そんなこと。けど聖女の力は未知数だし……情報が少なくて分からない。そもそもファティアとあのロレッタって子が知り合いなわけ――!?）

ハインリが話していたロレッタのことを思い出す。

あのときハインリは、『ロレッタ・ザヤード』と言っていた。

（ファティアはザヤード領からここまで歩いてきた。そして聖女と名乗るロレッタの姓はザヤード……偶然にしては――もしかして、二人は顔見知りか？）

どうして今まで気が付かなかったんだろう、とライオネルは頭を抱える。

とはいえロレッタの名前を出しても、ファティアが何かを言うことはなかったので、推測の域は出ないが。

（いや、むしろ何も言わないのは隠したいからとも考えられる。ファティアって喋ると、ポロッと言っちゃうときあるし。隠したいってことは、やっぱり二人には関わりが――）

「……ライオネルさん……」

「ファティア……？」

「スースー……」

（……何だ、寝言か）

色々考えてみたものの、ファティアが話す気にならないうちは聞かない方がいいだろうか。

ライオネルはファティアの頬をするりと撫でながら、そんなことを思う。

（……本当は全部聞きたいし、何かできることがあるなら何でもしてあげたい。ファティアを苦しめるもの全部、どうにかしてあげたい。ファティアには……笑っていてほしい。そして、叶うならその隣にいるのは――）

ライオネルはファティアの滑らかな頬から手を離すと、くしゃりと自身の前髪を掻き上げる。

昨日家を訪れたハインリの言葉に、自嘲気味に笑った。

「気付いているよ、そんなの」

『ライオネル――貴方は、ファティアのことを――』

「好きだよ――とっくの前から」

早朝の冷えた室内で、ライオネルの言葉は白い吐息と共に消えていった。

第11章　『元聖女』はトラブルに立ち向かう

それは、いつもと同じような朝だった。

お互いに身支度をし、一緒に朝食を食べ、一通りの家事を済ませる。

ファティアがいつでも修行が始められるように、ハインリに送ってもらった魔導具で少量の魔力を吸収していると、ライオネルから告げられたのはいつもと同じ言葉ではなかった。

「今日はデートしよ」

「えっ」

「少し遠いけど王都まで行ってみようか」

「えっ」

「……？　王都は嫌？」

（いや、そっちじゃなくて）

ファティアは驚きのあまり声が出ずに、瞬きを繰り返すことしかできない。

ライオネルは少し意地悪な顔をして距離を詰めると、そんなファティアの横髪をそっと耳にかけながら、姿を現した小さな耳に顔を寄せる。

そして、色気を少し孕んだ優しい声色で囁いた。

「デート」

「……か、か、か、か、買い物、では!?」

「違うよ。俺はデートしたい。ね、しよ？」

「……っ」

こんなふうに言われて、断れる人が居るというなら見てみたい。

そう思いながら、ファティアは赤くなった顔を両手で覆い隠しつつ、コクリと頷いた。

落ち着いた琥珀色のワンピースに着替えたファティアが王都に着いたのは、デートに誘われてから二時間ほどあとのことだった。

「今日のワンピース姿も可愛いね。似合ってる。それに髪の毛も結んだの？　可愛い」

「……あ、ありがとうございます」

デートではなく買い物だから、と思おうとしても、ついつい格好に気合が入ってしまう。

普段は下ろしっぱなしか、後ろで一括りにしかしない髪の毛も、今日は自分でできる最大限可愛い髪形のハーフアップにし、案の定褒めてくれるライオネルにファティアは困り顔だ。

（ライオネルさんの可愛いはそれなりに聞いてきたつもりだけど、何だか今日は一段と凄いというか、何というか……）

最近では、ライオネルがファティアを可愛いと褒めるのは日常茶飯事だ。

毎回照れてしまうとはいえ、多少は免疫ができてきたかなと思っていたのだが、今日は凄い。ライオネルの全身から、可愛い、という感情がひしひしと伝わってきて、ファティアは居た堪れない気持ちになる。

（道行く女性たち……ライオネルさんの隣を歩くのが私ですみません）

相変わらず女性除けのためのローブとフードを纏っていても、チラチラとこちらを見る女性たちの視線に、ファティアはそんなことを思う。

「ファティア、とりあえず歩こう。気になるものがあったら遠慮せずに言うこと。分かった？」

「は、はい。分かりました」

「ん、良い子だね。それじゃあ行こう」

しれっと手を繋がれ、慌てふためくファティアにライオネルは小さく笑う。

垂れた目がいつにもまして楽しそうに細められ、手だけでなく全身から汗が噴き出しそうだ。

もちろん、何を言っても繋がれた手が離されることはなかったけれど。

そうしてファティアはライオネルの隣を歩きながら、初めての王都を目に焼き付けていく。

見たことのない食べ物、最先端のファッション、広場には大道芸人がいたり、露店も数多く立ち並ぶ。

王都には頻繁に騎士団が巡回をしているそうで、警備が手厚いため、あまり問題も起こらないらしい。

「ファティア、あっちの露店も行こう。何か美味しそうなお菓子が売ってる」

「はい、行きましょう。……何だかライオネルさん、いつもよりテンションが高いですね？」

目を光らせてウキウキしている様子のライオネル。

食事をしているときもいつも幸せそうだが、今日はその比ではない。

しかしファティアは次の瞬間、投げかけた問いに後悔することとなる。

「そりゃあ、ファティアとデートしてるんだからこうなるでしょ。楽しいね、ファティア」

「……っ」

（楽しいです、楽しいです、けど……！）

あまりにも幸せそうに言うライオネルに対して、ファティアはいっぱいいっぱいになってしまい、コクコクと頷くことしかできない。

気の利いたことを一つも言えない自分にファティアが若干自己嫌悪に陥っていると、ライオネルはスッとファティアの頭に手を伸ばし、ぽんぽんと柔らかく叩いた。

「大丈夫、分かってる。ファティアも楽しいって顔に書いてあるし」

「えっ⁉　顔に……⁉」

「うん。それにさっきだって行きたい店があったからグイグイ俺の手を引っ張ったでしょ。あれ可愛かった。もう一回やって」

「〜〜っ、もうやりません……!!」

(私そんなことしてたの!?　完全に無意識だった……!)

ファティアは繋がれていない方の手で目一杯顔を隠す。

羞恥心でぐちゃぐちゃになった顔を、見せられるはずがなかった。

——だって、見せたら。

「その顔も可愛い。よく見せて?」

「……っ、ご容赦を……!」

手を搦め捕られ、晒されてしまう自身の表情に対して、ライオネルが可愛いと言うことなんて火を見るよりも明らかだった。

どうやら今日のライオネルは、何をしても、どんな顔を見せても、可愛いと言うらしい。

ファティアは今日は可愛いと言われる前提で過ごさないと心臓が持たないと覚悟を決めて、デートの後半を過ごすのだった。

しかし楽しくてドキドキするデートの最中、ファティアはとある問題に直面することになる。

それはファティアが、一人でベンチに腰掛けているときだった。

「あの子……迷子かな……?」

ライオネルが珍しく手を離したと思ったら少しだけ一人で買い物をしたいと言うので、ファティアはもちろんですと頷いたのが少し前のことだ。

「絶対にここから動かないように」と言われ、広場にあるベンチに腰掛けたファティアだったが、一人でウロウロしている男の子の姿が視界に入る。

大体四歳から五歳くらいだろうか。身なりも綺麗なので、一人でキョロキョロとあたりを見渡していることからも、間違いなく迷子だろう。

（助けた方がいいかな……）

とはいえ、ファティアが王都に来たのは今日が初めてなので、どこかに案内するにしても役に立たない。

変に話しかけてこじれるくらいならば、別の誰かが少年に気が付いてくれるのを待っていた方がいいのかもしれないとも思ったのだが。

「ふぇっ……お母さ、どこぉ……っ」

ポロポロと涙する少年を見て、ファティアは勢いよく立ち上がった。

（私が助けなきゃ……！）

心細く、誰かに助けを求める気持ちは、ファティアが一番よく分かっている。

一人でザヤード邸を飛び出し、知り合いもいない街に来て、男たちに襲われかけ、そのときに助けてくれたライオネルの存在が、どれだけ有り難かったか。

ファティアはライオネルのように華麗に助けてあげることはできないかもしれないけれど、

少なくとも気持ちに寄り添ってあげることはできる。一人にさせないことはできる。

ファティアは少年の元まで歩くと、腰を曲げて目線を合わせた。

「大丈夫？　迷子かな？」

「う、ん、お母さん、いなくて……っ」

「そっか。寂しいし、怖いよね。お母さんがきっと捜してるから、ここでお姉ちゃんと一緒にいてくれないかな？」

母が生きていた頃、もしも迷子になったらその場から動かないようにと言われていたファティア。

しばらくこの場に留まり、母親があまりにも来ないようならば王都を巡回している騎士に声を掛ければいいだろうかと思っていた。

「うん……！　分かった……！」

「良い子だね。それじゃあ一回座ろうか――」

「あっ！　お母さん……!!」

「えっ」

少年と手を繋ぎ、ベンチに座ろうとしていたときだった。

少し離れた距離に居る女性を指さし、少年は思い切り走っていく。

少年の声が聞こえていないのか、それとも人違いだからなのか、その女性は路地に入っていってしまった。

「っ、ちょっと待って……！」

「お母さんだ！　お母さんが居たんだ……！」

本当に母親ならばいいが、これで間違いだった場合が問題だ。

少年が路地で一人きりになってしまうのはどう考えても避けた方がいいと、ファティアはライオネルに「絶対にここから動かないように」と言われたことに対して内心謝罪をしながら、少年を追いかけていく。

（この子、足、速い！）

ファティアが中々に運動のセンスがないので足が遅いというのもあるのだが、人混みを避けながらの移動は小柄な少年の方が有利だったのだ。

それでもやっとのことで、路地に入った少年を見失わずに済んだファティアは、肩で息をしながら少年を見やる。

泣きそうな顔で振り返ったところを見ると、どうやら人違いだったらしい。

「えーーん!!　お母さんじゃなかったぁ……!!」

「大丈夫……！　お母さんは絶対に捜してくれてるからね……！」

お菓子や玩具なんてものは持っておらず、残念ながら励ますことしかできない。

それでも自分にやれることをやろうと、ファティアが少年と手を繋いで元いたベンチのあたりまで戻ろうとすると、「ファティア？」と名前を呼ばれて目線を少年から声の主に移す。

「――どう、して」

「どうしてはこっちの台詞よ！　何であんたがここに……！　それにその姿……」

そこには、信じられないと言いたげな目で、ギロリと睨み付けてくる――ファティアの一番大切なものを奪ったロレッタの姿があったのだった。

「何よその顔……服も……髪も……全部……！　まるで、別人じゃない……！」

美しくなったファティアの姿に、ロレッタは分かりやすく狼狽する。

ファティアには自分が変わったという自覚はあるが　そんなに驚かれるほどではないと思っている。

そもそも今は見た目なんかどうでもいいからと何も答えずにいると、ロレッタの斜め後ろからずいと現れたのは、一般人に紛れるような装いに身を包んでいたとしても、高貴なオーラを隠しきれていない男性だった。

「ロレッタ、こちらの女性は？」

「レオン様……この者は……」

（この人がレオン・メルキア……！　この国の王太子で、ライオネルさんに『呪い』の呪詛魔導具を送ったかもしれない人……！）

ロレッタの装いもそれほど華美なものではないことから、おそらく二人はお忍びで王都にやってきたのだろう。

何でこんなタイミングで会うのか、とファティアは不安に駆られながらも、手を繋いだ先にいる少年に不安が伝わらないよう、気丈に振る舞う。

ロレッタの首元にある赤い石の付いたペンダントを見ると胸がきゅっと締め付けられるが、この状況で取り返そうなどと考えるほどファティアは考えなしではない。

今はただ、自身と少年の身の安全を最優先に考え、適当に挨拶をしてさっさとこの場をあとにしようと思っていたのだが。

「この者は、昔ザヤード邸で雇っていた使用人ですわ……！　貧しい家の出身だからか、私の大切なものをいくつも盗んでいったのです……！　レオン様、どうかこの者を捕まえてください……！」

「……なっ」

（酷い……！　何てデタラメを……！　私の大切なものを奪ったのは貴方なのに……！）

怒りが込み上げてくる中で、ファティアは初めてレオンと目線が絡み合う。

（まるで、無感情の瞳……）

ライオネルに向けられる柔らかい瞳でも、ロレッタに向けられる嘲るような瞳でも、母が向けてくれていた慈しむような瞳でも、どれでもない。

これで怒りでもぶつけられるのならば、婚約者であるロレッタの言葉を真に受けているのだろうと考えることもできたが、レオンの瞳は本当に無だ。

そこら辺の石ころを見るのと変わらないその瞳に、ファティアの背筋がゾッと粟立った。

「我が婚約者を傷付けたとあれば野放しにはできんな。お前たち、この者を捕らえよ」

「……！　お待ちください……っ！　私の話を──」

しかしファティアの言葉が届くことはなく、レオンの指示により護衛騎士がファティアと少年を路地の奥に追いやると、瞬く間に包囲した。

その瞬間、ニヤリと笑みを浮かべたロレッタの顔が、ファティアの瞳にこれでもかと映った。

（そんなに私を苦しめたいの……？　それとも『元聖女』とはいえ、以前は聖女の力が使えた私が邪魔なのかも……！）

ロレッタがレオンの婚約者となった理由は聖女だからという一点のみだ。

そこでファティアが過去に聖女の力が使えましたと言えば、レオンの興味がファティアに移るかもと考えるのは想像に容易い。

ロレッタはそれを危惧したのだろう。適当な罪でファティアを罪人にし、投獄し『元聖女』の存在が日の目を見ないようにしようと考えたに違いない。

（ここで捕まりたくない……！　だって私は何も悪いことをしていないもの……！　それに──）

ファティアは護衛騎士たちが距離を詰めてくる中、怯える少年の手をギュッと力強く握り締めた。

「お待ちください……！　この少年は私と何も関係ありません！　この子に剣を向けるのはおやめください……！」

こんなに幼い子供に剣を向けるなんて、一生のトラウマものだ。

それにロレッタが捕らえたいのは私だけだろうと、ファティアがそう声を荒らげるのだが。

「レオン様……！　その女は嘘つきなのです！　そこにいるのは女の子供で、悪事に加担していますわ！　一緒に捕らえてください……！」

「何を……っ、何を言ってるの……⁉」

ファティアは未婚で、もちろん子供を産んだことはない。

そんなことはロレッタだって知っているはずなのに、当たり前のようにありもしない嘘をつく姿はまるで――。

（悪魔だ……この女は、悪魔なんだ……っ）

母の形見を奪ったのだって、ファティアを苦しめるためだった。苦しむ姿を見て、面白がりたいだけだった。今もなお着けているのは、ファティアを苛めていたときの思い出に浸るためだろう。

今だってきっとそう。少年も捕らえれば、ファティアがより苦しむと思ってのことなのだろう。

「――るせない」

「お姉ちゃん……？」

「ごめんね……？　変なことに巻き込んで……怖いかもしれないけれど、お姉ちゃんの近くから離れないでね」

ブチン、とファティアの心の中で、何かが切れた音がした。

「――もう、許せない……!!」

「は？　ファティアのくせに偉そうに――!?」

表情を歪めたロレッタの言葉を遮ったのは、ファティアたちの目の前にゴゴゴォ！と音を立てて現れた土の壁だった。

それはファティアの腰あたりの高さにまでなると、少年の大半を覆い隠す。

今のファティアの魔法技術ではこの高さが限界だったが、少なくとも少年のことはこれで少しは守れるだろう。

（いつもの癖で、今日も魔導具で魔力を吸収していて良かった……！）

「ちょっとあんたたち！　早くその二人を捕らえなさいよ……!!」

「「ハッ!!」」

魔術師の数はそれほど多くない。魔術師以外で、ここまで魔法を使える者なんてそうそう居ない。

騎士たちはそれが分かっているのでいきなりの命令に一瞬狼狽えるが、ロレッタの指示を受けて剣を構え、ファティアとの距離を詰めた。

「……っ」

基本的に魔力属性は一人に一つだ。今まで例外はライオネルだけだった。

だから騎士たちは、ファティアのことを土属性の魔法を使うのだと思い込み、そこにだけ気を付ければいいと思っているだろう。

——次の瞬間、ファティアの手から放たれる火魔法に、騎士たちは足を止めた。

「……来ないで……！　怪我しますよ……！」

「うわぁぁぁ‼」

ファティアは騎士たちを傷付けるつもりはないが、捕らえられる気もさらさらない。

火魔法を使って騎士たちを怯ませると、ファティアは同時に風魔法も発動させて火の威力を高める。

すると騎士たちはゆっくりと後退り、ファティアたちから距離を取った。

(これならいけるわ……！　これなら——っ、まずい！)

儚くも、ファティアの魔法の威力が少しずつ弱くなっていく。

原因は、魔力吸収をしてから時間が経ってしまったからだ。ファティアの魔力量が魔力吸収する前の状態にまで戻り、魔力が練られなくなってしまっていた。

「おい！　今がチャンスだ！　捕らえろ……っ‼」

「っ、待って……！　この子は……！」

——絶対に、この少年だけは守らなければ。

ファティアはそう思って、完全に魔法が使えなくなった無防備な状態で、少年を抱き締めた。

「お姉ちゃん……っ、怖いよぉ……っ」

「……っ、ごめん、ごめんね……っ」

捕らえられたら、どうなってしまうのだろう。調べればファティアと少年に繋がりはないことが分かるから、少年だけでも無傷で返してもらえるだろうか。

けれど、心に大きな傷ができてしまうだろう。

ファティアは少年に対する申し訳なさで胸が苦しくなると同時に、ぱっと頭に浮かんだのはライオネルだった。

「ライオネル、さん……」

もう、二度と会えなくなるのか。魔法の修行に付き合ってもらうことも、一緒にご飯を食べることも、手を繋ぐことも、できなくなってしまうのか。

けれど、何よりも。

——せめて、ライオネルの『呪い』を解いてあげたかった。

ファティアは自身の無力さを恨み、少年を抱き締める手が震える。

もう会えなくなる前に、愛おしいその人の名を、呼んだ。

「ライオネルさん」

そのときだった。

「ライオネルさん……っ」

「お前ら――何やってるの」

初めて出会った――男たちから助けてくれたときとは全く違う、殺気に満ちた表情のライオネルが、そこに立っていた。

背後から聞こえたライオネルの声に、ロレッタとレオン、騎士たちが慌てて振り向く。

ロレッタはライオネルの顔を今まで見たことがなく、騎士たちはフードを被っていることもあってか、誰だか分かっていないようだった。

ただ、レオンだけは違った。

「どうして……貴様が……ここに――」

驚きだけじゃない。レオンの瞳は怯えを孕み、唇をわなわなとさせる。

目に見えておかしな様子のレオンに、あの、と声を掛けたのはロレッタだった。

「レオン様……？　この方は一体……？」

「う、うるさい……！　今はそんなことどうでもいい！　お前たち、そこの男も捕らえよ！

王太子である私の命である！」

「ハッ！」

レオンの指示により、騎士の半分がライオネルに向かっていく。

ライオネルは向かってくる騎士たちを冷たい瞳で視界に捉えた。

「ファティアを傷付けようとしたんだから——手足の一本や二本は失う覚悟ができてるんだよね」

そう、低い声で言い放ったライオネルの手から、つららのような鋭利な形をした水の刃が現れる。水魔法を圧縮し、形を変えたものだ。

ライオネルはそれを風魔法で自由自在に動かし、そして。

「……!? うわぁぁぁあ!!」

それは、ライオネルに向かってくる者たちはもちろん、未だファティアと少年の前に居る騎士たちにも襲いかかった。

ライオネルは緻密な魔法のコントロールにも長けているので、ピンポイントで騎士たちの手足を狙い、動きを奪っていく。

そんなライオネルの姿を見たレオンは、自衛のために持っていた剣を、カチャン、と地面に落とした。

ライオネルは一瞬ファティアに視線を向けてから、座り込む騎士たちやレオンとロレッタたちに氷のような瞳を向け、そして。

――右手を上に突き出した瞬間、その場に居る全員がつられるように目線を上に向け、その光景に、息を呑んだ。

さっきまでと比べものにならないほどに無数のつららのような水の刃が、空中に浮かんでいたからだ。

それはライオネルの魔力が、半分程度まで回復したからこそなせる技だった。

「どうして……そんなに強力な魔法を使えるんだ……のろ――」

「きゃぁぁあ……!!」

まるで太陽を覆い隠してしまうほどのそれに、死を意識して金切り声を上げたロレッタに、レオンの声は掻き消される。

同時にレオンは膝からカクンと崩れ落ち、騎士たちは絶望的な状況に顔が真っ青だ。

腕の中にいる少年だけが現状を理解しておらず、ファティアは小さな声で「大丈夫だからね」と何度も安心させるように囁いた。それから不安交じりの目でライオネルを見つめた。

これだけ優位な状態でも、ライオネルの瞳から怒りが消えることはない。

ライオネルは「ねぇ」と、普段ファティアが聞くことがないような冷たい声でその場に居るレオンたちを追い詰めていく。

「選んで。ここで俺やファティアに出会ったことは他言しないと誓って、さっさと逃げるか、――死ぬか」

「……っ、おい、お前たち……！　さっさと立て……っ！　行くぞ……!!」

「は、はぃぃ……!!」

まさに脱兎の如く。レオンはロレッタに見向きもせずに一目散に逃げ出す。

手足を怪我した騎士たちがボロボロの姿であとを追いかけていき、ライオネルの目の前には、未だ信じられないというような目をしているロレッタだけがポツリと残った。

恐怖と、置いていかれた事実にかあっと羞恥の表情を浮かべたロレッタは、悔しそうに奥歯を噛み締める。

「……レオン様っ、お待ちくださぃ……っ!!　……っ、ファティア!!　覚えてなさいよ……!!!!」

レオンやロレッタたちが立ち去ってからは早かった。

騒ぎを聞き付けた少年の母親が現れたので引き渡すと、何やら微妙な顔をして去っていった。もうこれ以上トラブルに巻き込まれたくないという思いが強かったのだろう。

少年だけは別れ際、「お姉ちゃん、助けてくれてありがとう！」と言ってくれたので、ファティアは救われたような気がした。


――そして現在。

ライオネルと急いでその場を立ち去り、自宅へと戻ったファティアは、違う意味で窮地に陥っていた。

「あの、ライオネルさん」

「……」

「その、ローブ脱がないんですか……？」

「……」

それはリビングに入った瞬間だった。

ガチャン、と扉を閉めたライオネルは、自身の胸にファティアの顔を押し付けるようにして強く抱き締めたのである。

突然のことに、咄嗟には理解できなかったファティアだったが、頭上に聞こえるライオネルの息遣いや、外にいて冷えたはずの体が、ライオネルとくっついている部分だけじんわりと温かくなっていくことで、少しずつ理解できていった。

（ライオネルさん、多分物凄く心配してくれたんだよね……）

あそこまで怒っているライオネルを初めて見たファティアは、ライオネルの心情を察することができた。

自惚れていると思われても致し方ないけれど、ライオネルはそういう男だ。たとえそこに恋情は存在せずとも、弟子が危ない目にあっていたら怒り、心配するのがライオネルなのだ。

「外は寒かったですし、温かい飲み物を入れましょうか……？　あ、お腹が空いたなら軽食をすぐに作りますから……」

「……」

「ら、ライオネルさん、あの、ご迷惑をおかけして、すみませんでした。『呪い』がいつ発動するか分かりませんから、軽くお食事を――」

「ファティア」

いつもより低く、鋭い声だ。自身の名前を呼ばれただけなのに、ファティアの心臓はドクリと音を立てる。

遠回しに放してほしいと伝えても、沈黙を決め込んでいたライオネルが一体何を言うのか、ファティアは黙って耳を傾けた。

「心配、した。ファティアが囲まれているのを見て、息が止まるかと思った」

「……っ」

先程とは打って変わって、いつもより弱々しい声に耳元にかかる熱い息。背中に回された腕が小刻みに震えている。

ファティアの想像を遥かに超えるほどに心配してくれていたライオネルの腕には、より一層力が入った。

「……っ、ごめ、……なさい」

「ファティアが無事で……ほんとに良かった」

これほどまでに人に心配されたのはいつぶりだろう。間違いなく、母が亡くなってからはなかったはずだ。

ファティアは、母が亡くなってからの人生を思い返し、そしてライオネルとの出会いに感謝せずにはいられなかった。

しばらくの間ライオネルに抱き締められたまま、ファティアの体感では十分くらい経過したときだっただろうか。

ゆっくりとライオネルが腕を解くと、ファティアはようやくライオネルの表情を視界に捉え、息を呑んだ。

「ファティア……」

(どうして……そんな目で見るの……期待、してしまう……)

慈愛に満ちた母の眼差しに少し似ているが、そうではない。静かに燃えるように熱い瞳に、ファティアは堪らず顔を背けた。

けれどライオネルが伸ばした両手がファティアの両頬を包み込み、優しく正面に向けられる。

ライオネルの熱っぽい視線は、どんどんファティアの体温を上げていく。

「言いたいことがあるんだ。俺はファティアのこと――」

第12章 『元聖女』は『元天才魔術師』に打ち明ける

——もしかして、好き、だと言われるのだろうか。

あとに続くライオネルの言葉を都合良く想像したファティアは、恥ずかしさで顔を赤く染めた。

好きだと言われたらどうしよう、という意味ではなく、何を都合の良い想像をしているのだろうと、自身に対して羞恥が襲ってきたからだった。

「あ、あの！　ライオネルさん……！　お買い物……！　何かいいものは見つかりましたか……⁉」

「え、——ああ、うん」

だからファティアは、何でもいいからとライオネルの言葉を遮ったのだ。

彼から紡がれる言葉が望むものではなかったときに、傷付くのが嫌だったから。助けてもらった立場だというのに、ライオネルの言葉に勝手に傷付くなんて、迷惑な話だろう。

突然勢いよく話し始めたファティアに対してライオネルは驚いていたが、「これを買ってた」と話が切り替わったことにファティアが安堵したのは言うまでもない。

ローブのポケットに手を忍ばせたライオネルは、片手で持てるくらいのサイズの白い箱を取り出すと、ファティアにずいっと差し出した。

「……？　えっと」

「一緒に買いに行ったらファティアが遠慮するだろうと思って。開けていいよ」

「えっ⁉」

これはどう見ても、プレゼントだ。中身が何か、どういう意図で贈ってくれるのかは分からなかったけれど、迷惑をかけたばかりの状況で贈り物を喜んで受け取れるほど、ファティアの神経は図太くなかった。

「でも私、ライオネルさんにこんなにお世話になってるのに……まだ何かいただくなんてそんなこと……」

「じゃあ、いつも修行頑張ってるから、そのご褒美ね。これで受け取る理由ができたでしょ？」

「ライオネルさんったら……っ、ありがとうございます……！」

申し訳ないという気持ちが完全になくなったわけではなかったけれど、そこまで言ってもらえるならばと、ファティアは白い箱に結ばれている赤いリボンをシュルリと解いた。

そして中身を見て、「どう……して」と声を震わせる。

そんなファティアの頭に、ライオネルはぽんと手を置いた。

「前に魔導具店に行ったとき、凄い見てたから、欲しいのかなって。何か思い入れがあると思って似たようなデザインのペンダントを買ったんだ。この前の魔導具は魔力を増加させるものので、ファティアにはあまり向かないと思ったから、これにしたんだけど」

赤い宝石が付いたペンダントのチェーンの部分を手に取ったファティアは、ギュッと両手で胸元あたりで握り締める。

――ありがとうございます、嬉しいです、大切にします。

伝えなければいけない言葉は分かっているのに、どうしても言葉が出てこないのは、ライオネルに渡されたそれが、亡き母の形見と酷似しているものだったからだ。

形容しがたい感情が、ファティアの胸に渦巻いた。

「……っ」

「ファティア……？　どうして泣いて――」

「……っ、ちが、っ……ちがっ、います……泣いて、なんて……あれ……何で、私……ない、て……っ」

先程ロレッタと接触したこともあってか、ザヤード家にいた頃の忌々しい記憶が、ファティアの脳内を支配する。

肉体的に痛くて辛かったことや、いきなり聖女の力が使えなくなって絶望したことや、ロレッタから母の形見を奪われて、悔しさと悲しみに苛まれたこと。――それらが、涙に形を変えて溢れ出していく。

「おかしい、ですね……っ、嬉しい、のに……なみだが、とまら……い……っ」

「……」

ファティアは、ライオネルに自身の境遇について詳しく話していない。

これまでの自身の言動から、もちろん訳ありなのだろうということはライオネルにバレてしまっているだろう。

それでも深く聞いてこないライオネルに甘えて、そして優しい彼を傷付けたくなくて、ファティアは詳細を話そうとしなかった。

初めは心配をかけてしまうという思いからだったけれど、今は少し違う。

話してしまえば、優しい優しいライオネルは、力になってくれるかもしれないからだ。

弟子のためだから、師匠の務めだからとそう言って、ライオネルは喜んで手を貸してくれるだろう。

しかしだ。一時的に退いているにせよ、ライオネルは魔術師団団長だ。

わざわざ貴族――しかも今や聖女となり、王太子の婚約者となったロレッタとのことに首を突っ込むのは、いくらライオネルでも、立場が危うくなるのではとファティアは考えたのだ。

ファティアはペンダントを右手に収めると、空いている方の手で力強く目を擦った。

真っ赤になった目でライオネルを見つめて、必死に笑顔を繕ってみせる。

「目にゴミが入ってしまったみたい、です。ご心配をおかけしました」

「――何で」

「……え？　あ、あの、ペンダントとても嬉しかったです。大切にします……！　ありがとうございます……！　そ、そうだ！　今日はお礼に、ご馳走を沢山作りますね……！　今から準備を――」

そう、ファティアがくるりと体をライオネルからキッチンへと向けようとしたときだった。

ライオネルは、ぐしゃ、と表情を歪めて、そんなファティアの細くて白い手首を力強く握り締めた。

「何で、あんなふうに泣いたの。目にゴミが入ったなんて嘘、つかないでよ」

「……ライオネル、さん」

「嬉し泣きでも、泣くほど嫌いなものだったわけでもないことは見れば分かる。俺が渡したペンダントは、――いや、これに似たペンダントは、ファティアにとって泣くほどのものだった？」

「……そ、それは」

瞳を左右に行ったり来たりさせながら口籠もるファティアに、ライオネルは言葉を止めない。

「それに、今日殿下と一緒にいたのって、婚約者のロレッタ嬢で間違いない……何で彼女が、ファティアのこと呼んでたの？　あの様子だと知り合い——だよね？」

「……！　あっ、あれはっ、その……！」

「そもそも、ファティアが殿下やその婚約者に対して、何か問題を起こすとも思えない。……どうしてあんな状況に？」

　立て続けに質問され、ファティアの額に汗が滲んだ。

　はぐらかそうにもうまい言葉は見つからず、何よりライオネルの声色からは、本当のことを言わなければ納得しないからねと、という強い意志が感じられたのだ。

　それでも未だに言わずに済む方法を模索するファティアに、ライオネルは「もう」といつもよりやや大きな声で言った。

「待てない。ファティアが何かを隠してることは初めから気付いてたから、いつか言ってくれるかなって待ってたけど、もう無理」

「け、けれど、迷惑を……」

「いくらでもかければいい。ファティアが少しでも泣かずに済むなら、笑顔になれるなら、俺はどんなことだってする。——だからファティア、全部、隠さず話してよ」

　そう言って掴んだ細い手首を引き、ライオネルはファティアを抱き締める。

　すっぽりとライオネルの腕の中に収まったファティアは、ここまで言われて隠すことなんてできないと、きゅっと引き締めた唇をゆっくりと開いた。

「私……私は……聖女の力を求められて、一時的にザヤード家に引き取られていたんです」

「……！」

「そして聖女の力が使えなくなってからしばらくして、……家を、追い出されました」

力強く抱き締めてくれているライオネルの腕が、ピクリと動く。

その動揺を感じ取ったファティアは、少しだけ言うのを躊躇したのだが。

「……うん。続けて」

「は、はい」

頭上から聞こえるライオネルの声には、それほど普段との違いは感じられない。

家でのこと、ロレッタのことは、誰が聞いても気持ちの良い話ではないことを理解しているファティアが、どこまで話そうかと悩んでいると、ライオネルが察したように口を開く。

「言いづらいこともあるかもしれないけど、全部教えて。もう今日で隠し事はなしだよ」

「気分が悪くなるかもしれませんが……」

「……じゃあ、ずっとこうしてファティアを抱き締めてる。そしたら中和されるから」

「中和」

(何がどうして中和されるんだろう？)

理解が及ばなかったファティアだったが、ライオネルの声色が満足さを含んでいるので、それを口に出すことはなかった。

しかし、それからファティアが詳細を話すことはなかった。

というのも、言うのを躊躇をしたからではなく、頭上から聞き覚えのある呻き声が聞こえたからだった。

「ライオネルさん……っ、もしかして……！」

「……っ、まっ、たく、タイミングがわる、い……」

先の戦闘で魔法を使ったため、『呪い』が発動したのだ。

すぐさま状況を理解したファティアは、ライオネルにベッドまで歩けるかを問いかける。

（……あれ？　待って……そもそも今日のライオネルさんの魔法、以前見せてくれたものよりも段違いに強力だった……『呪い』の影響で魔力量も減少しているはず……って、そんなこと、今はどうでもいい……！）

疑問をよそにやり、コクリと頷いたライオネルの肩を支えながら、ファティアはゆっくりと歩く。

かなり体重をかけられているので大変ではあったが、やっとの思いで窓際のベッドに到着したので、あとはライオネルが横になるだけだった、というのに。

「――えっ」

気が付けば、ひんやりとしたベッドシーツが頬に触れる。

ライオネルはファティアごと、ごろんと横になったのだった。

「ら、ライオネルさん……⁉　あの……！」

「我が儘、言っても……っ、いい？」

「それはもちろんなんですけど……！　この状況は流石に……⁉」

それなりに広いベッドだ。隣で横になるだけならば、まだよかった。

しかし今の状況は、ライオネルに包み込まれるように抱き締められる形で、ベッドに沈んでいるのだ。

ライオネルに好意を抱いているファティアからしてみれば、いくら何でもこの体勢や状況はいただけなかった。胸が痛いくらいに高鳴るから。

けれどそんなファティアの事情を知ってか知らずか、ライオネルは苦痛に僅かに顔を歪めながら、抱き締めている腕を少し緩めた。

ファティアが顔を上げて視線が絡み合ったのを互いに自覚した瞬間、ライオネルの少し垂れた優しい目がスッと細められた。

「お願い。……今は、このまま、っ、抱き締めていたい」

「そそそそ、そ、れは……っ」

「だめ……？」

「……っ⁉」

痛みで声が弱々しいことも相まって、懇願するように囁くライオネルに、ファティアの胸はきゅんと音を立てると同時に、恥ずかしさも覚える。

（こ、こら私の馬鹿……！　きゅんってしてる場合じゃない……！）

ライオネルの『呪い』が発動したのは、魔法を使ったため——つまり、ファティアを助けたためだ。

だから何でもしなければと、ファティアは改めて覚悟を決める。

きゅんももちろんだが、恥ずかしいなんて、今は言っている場合ではない。

「だめ、じゃないです……！　これでライオネルさんの痛みが少しでも楽になるのなら——私を好きにしてください」

「……。最後の台詞だけ、聞いたら……ぐっ、……凄い殺し文句、だ」

そう言ったライオネルは熱っぽい眼差しでファティアをじいっと見つめてから、再び自身の胸元にファティアの顔が来るように抱き締めた。

ファティアは少しでも楽になればと、片手をライオネルの背中に回してすりすりと何度も擦ったのだった。

◆◆◆

ライオネルは『呪い』による苦痛が治まると、解放された反動のせいか、いつも眠ってしまう。

例に漏れず、今回も眠りについたライオネルの規則正しい寝息に安堵し、ファティアがつられるように眠ったのは、大体二時間ほど前のことだったか。

先に目を覚ましていたライオネルに、抱き締められたまま「おはよう」と優しく微笑まれたファティアは、穴があったら入りたいと、人生で初めて思った。ライオネルよりも眠りこけていたこともしかり、寝顔を見られていたこともしかり。

「ファティアの寝顔、もう少し見ていたかったのに、残念」と、いつもより楽しそうに話すライオネルに対して、もごもごと声にならない声を上げたファティアは、すぐさまライオネルから距離を取る。

思いの外簡単に腕から抜け出せたファティアは「お腹空いてますよね⁉　空いてます……！」と、動揺から大声で自問自答すると、急いでキッチンへと向かったのだった。


「──今日も美味しかった。いつもありがとう、ファティア」

色とりどりの料理が載っていた皿は、今や空になっている。

ライオネルが幸せそうに笑うとつられたのか、ファティアも微笑んだ。しかしその瞬間、ファティアはハッとして眉尻を下げた。

「いえ……むしろご馳走を作ると言ったのに眠りこけていたせいで簡単なものしか作れず、申し訳ないです」

「……何で謝るの？　ファティアが作ってくれたものは俺からしてみれば全部ご馳走だし、俺の我が儘に付き合ってくれたんだから謝る必要は――」

「かかかかっ、片付けをしますね……！」

ライオネルが言う『我が儘』とは、ベッドの上で抱き合ったことだ。

羞恥心がぶり返したせいだろうか、ファティアは急いで皿を洗い始める。

ライオネルは「それくらい俺が」と言って代わろうとしたが、今日ばかりは譲ってはくれなかった。


そして、時間はそろそろ眠りについてもおかしくない頃。

片付けや風呂を終えたファティアとライオネルは、ハーブティーを片手にソファへと腰を下ろした。

「美味しい」と小さな声で口にしたライオネルは、いくら日中に眠ってしまったとはいえ、あまり夜更かしするのは良くないだろうと、口火を切った。

「――それで、ファティア。……話の続き、してもらってもいい？」

「は、はい。……もちろんです。……聞くのが嫌になったら、すぐに言ってくださいね」

あまりにも真剣な瞳を向けてそう言うファティアに、ライオネルは迷わずに「うん」と頷く。

そうして、ポツポツとザヤード家にいた頃の話を始めたファティアに、ライオネルは軽率に「うん」と頷いたことを後悔した。

ファティアが受けてきた無慈悲な扱いに、体にあった傷の正体に、ペンダントを奪われた事実に、他領まで一人で歩き続けた理由に、今日の騒ぎの真相に、今までに感じた以上の怒りが込み上げてきたからだった。

「――というわけで……ですから私の本名はファティア・ザヤードです。……養子縁組が未だになされているなら、の話なのですが……黙っていてすみませんでした」

ファティアはそう言って、深く頭を下げた。


俯いているライオネルの表情を窺い知ることはできないが、おそらく気分は最悪だろう。ライオネルは、人の不幸を笑えるような人間ではないから。

きっと悲しんでくれているのだろうと思うと、ファティアは胸が痛む。

未だに一言も発しないライオネルに、ファティアはでき得る限り明るい声で言った。

「私は今、幸せなんです！　日々の生活には困らず、魔法の修行もつけてもらって、今日なんてペンダントをいただきました！　母の形見によく似たこのペンダントを、絶対、絶対に大切にします……！　これだけは絶対に、誰にも奪わせません。――ライオネルさんに出会ってから、私は幸せばかりなんです！」

――これはファティアの本心の一つだった。

母が亡くなってから、孤児院の子供たちとの生活で幸せを感じることはあったが、実際のところ大変なことの方が沢山あった。

ザヤード子爵家に引き取られてからは言わずもがな。すぐに聖女の力が使えなくなり、ファティアは一瞬にして天国から地獄に落とされた。何より母の形見を奪われたことは、自身の体が引き裂かれるように辛い出来事だったのだ。

けれどライオネルとの出会いは、そんなファティアの奴隷のような生活を、ボロボロになった体を、傷付いた心を変えて、癒やした。

「私にとってライオネルさんは、本当に神様のような存在なんです。……ですから、その、もう過去のことなので、悲しんだり、しないでほしいんです……！　こんなによくしてくれるライオネルさんが、心を痛める必要……ないんです」

精一杯明るい声色でそう言ったファティアは、ライオネルが手に持つティーカップが空になっていることに気が付いた。

ほんの少しの気まずさもあって、ファティアが「おかわりを入れますね」と言って立ち上がろうとすると、手首をがしりと掴まれた。

ぐい、と引き戻されたファティアはボフッとソファに尻をつくと、こちらを見るライオネルの表情を目にすることになった。

「笑わなくていい。無理に明るく振る舞わなくていい」

瞳には悲しみを宿し、眉には怒りを宿し、声色に切なさを宿したライオネル。

ファティアは一瞬、何一つ声を出せなかった。

「……っ」

「どう考えたって辛いに決まってる。悲しくて、悔しくて、怒り狂ったって、おかしくない」

「……っ」

(いけない……これ以上は)

ファティアはライオネルの言葉を制止しなければと思うのに、何も言えなかった。

「今がどれだけ幸せでも、それで過去の出来事が全てなくなるわけじゃないんだから」

ファティアの首元に、ライオネルの手が伸びてくる、

料理を始める直前に着けた、光り輝く赤い宝石が付いたペンダント。ライオネルはそれを優しく撫でた。

「俺はファティアの過去を変えてあげることはできないけど、これからの未来、ファティアが幸せに生きていけるように、手を貸すことはできる」

「……っ」

「お母さんの形見、一緒に取り返そう。大切なものを奪われたままにしておいていい理由なんて、ない」

(だめ……また……泣いてしまう……ライオネルさんを、止めなきゃいけないのに)

予想通り、ライオネルはやはり協力を買って出てくれた。

——だからこそファティアは言いたくなかったのだ。ライオネルは絶対に、そう言うと思ったから。

「けれ、ど、そんなの……っ」

ライオネルから、迷惑はいくらでもかけていいと言われていようと、それなら頼ってしまおうと簡単に思えるほど、ファティアは切り替えが早くない。

——しかし、そんなことはライオネルからしてみれば承知の上だったらしい。

「ファティアは聖女の力を取り戻したい？」

「……？　は、はい。それはもちろんそうですが……」

「ならなおのこと、ペンダントを取り戻した方がいい。俺の考えが正しければ、ファティアのお母さんの形見のペンダントは——おそらく聖女の力を扱うための魔導具だよ」

「……！」

実はファティアも、魔導具店に行って母の形見に見た目が似ているペンダントを見たとき、少し思うところはあった。

ただ、魔導具はそれなりに高価なものだ。一般人には簡単に手が出せる金額ではなく、ましてや女手一つでファティアを育てていた母――ケイナーが魔導具を持っていたなんて有り得ないだろうと、深く考えることはなかったのだ。

「もう一度確認するけど、ファティアは貴族に引き取られてからも数日は聖女の力が使えてたんだよね」

「は、はい」

「――つまり、孤児院という場所でだけ特別に発動する魔法じゃない。じゃあ、どうして聖女の力が発動しなくなったのか。そして、ファティアには劣るとはいえ、どうしてロレッタ《あの女》が代わりに聖女の力を使えるようになったのか。……ペンダント――魔導具を奪われたからだと思う」

「……まさか……魔導具だなんて……」

いきなり魔力が練られなくなったことしかり。ロレッタが聖女の力を発動したことしかり。

――全ては、母の形見であるペンダントを奪われたことが原因なのではと考えると、辻褄は合うかもしれない。

とはいえ、何せ聖女に関することだ。

「特異な性能を持っていてもおかしくない」とポツリと呟いてから、仮説を話し始めるライオネルの言葉に、ファティアは耳を傾けた。

「今から言うのは全て仮説だけど——お母さんの形見には、魔力を吸収する能力があるんじゃないかな。それも、ファティアから溢れ出す膨大な魔力を全て吸収できるくらい、高性能の」

「……！　なるほど……！　だから私は突然魔力を練られなくなって、聖女の力が使えなくなった、と」

「うん。まずそれが一つ。——それともう一つは」

聖女が何たるかを知らなかったファティアには、今から言うライオネルの仮説はちっとも頭に浮かばなかった。

そもそも自身が聖女の力を使えなくなったことと、ロレッタが聖女の力を使えるようになったことと、母の形見を奪われたことは全て、別物だと考えていたのだから当然だが。

「ロレッタ《あの女》は水や火の魔法は使えないんだよね？」

「はい、そのはずです」

「……だとするとロレッタ《あの女》はもしかしたら、魔力を練ることだけは元々できたのかもしれない。魔法には変換できなかったか、もしくは魔力量が少なすぎて、魔力を練るのは簡単だけど魔法という形にはならなかったか」

「……あ！　一度、使用人たちの噂話を聞いたことがあります！　ロレッタ《あの人》は過去に魔術師の国家試験を受けて……あまりにも魔力量が少ないことが理由で落ちたと」

「……まあ、いくら魔力を練られても、魔法にならないほどの微量な魔力量なら、試験に落ちるだろうね」

魔力が練られるだけで自身を特別だと思い込み、魔術師の国家試験を受ける者は多い。そのほとんどが落とされるのだが、ロレッタもその一人だったのだろう。

「けれど、どうしてそんなことを？　魔力を練られることがどう関係――って、あ……！」

「うん。多分そういうことだよ。――吸収された聖女の力、つまりファティア特有の魔力が込められた母の形見を魔道具《あ》ロレッタが着けた状態で魔力を練り上げたから、少しだけ聖女の力が発動したんだと思う」

だからロレッタの聖女の力は、ファティアと比べて劣るのだろう。

いくら聖女の魔力が魔導具内にあったとしても、それは借り物だ。少量の魔力を練ることができる程度のロレッタに、ファティアの膨大な聖女の魔力を扱いきれるはずもなかった。

それに、魔導具に吸収されたファティアの魔力量には限りがあるので、いくらペンダントを着けていても、ロレッタは永遠に聖女の力を使えるわけではなかった。

「ねぇ、ファティア。もう一度言うね。俺も協力するから、奪われた大切なもの、取り返そう」

ファティアはゆっくりと俯いて、ライオネルに見られないように顔を隠す。

ただの仮説だけれど、ライオネルの話には説得力があった。

どうして母が魔導具を持っていたのかは分からないけれど、ロレッタの力に関しては、おおよそライオネルの仮説が合っているのだろう。ファティアにはそう思えてならなかったのだ。

「……あのペンダントがあったら、また聖女の力が……」

「……うん」

つまり、魔導具を返してもらえば、ファティアはまた聖女の力が扱えるようになる。

ロレッタや義父母に馬鹿にされることはなくなり、それどころか国中から敬われるのだろうか。

王宮に部屋をもらって、聖女様と呼ばれて、必要とされるのだろうか。——けれど。

「そう、したら……やっと」

——ファティアには、そんなこと、どうでもよかった。

ファティアはただ、大切なものが返ってきてくれればそれでよかったし、地位や名誉も必要なかった。

生活だって、ライオネルとの今の暮らしが、ファティアにとって幸せで堪らないもので。

——そして、何より。

ファティアが聖女の力を取り戻したいと思ったのは、ライオネルの『呪い』の苦痛を癒やし、そして叶うならば、『呪い』を浄化したかったからだ。

「……治癒魔法や浄化魔法が使えたら……っ、やっと、ライオネルさんを『呪い』から救い出すことができます……！」

「……！」

「わ、たし、ペンダントを取り返し、たいです……！　聖女の力で、ライオネルさんを、助けた――」

これが、ファティアのもう一つの本心だった。

ポタポタと、涙の雫がファティアの太腿を濡らす。


大粒の涙を流しながらそう言うファティアを、ライオネルは堪らず、力強く抱き締めた。

今まで、ファティアが自身の境遇について黙っていたのは、迷惑をかけまいとしてのことだろうとライオネルには分かっていた。

だからライオネルは何度かファティアに尋ねようとして、そのたびに押し留まった。

無理に聞いてもはぐらかされるだろう。無理に聞いたら、ファティアが辛い思いをするかもしれない。今後、何かの拍子に話してくれるだろうと、そう思ってのことだった。

しかしライオネルが思うよりファティアは頑固だった。

そして、今になってようやく話してくれたものの、ファティアの瞳には躊躇の色が混じっていた。

（ファティアはあまりに優しすぎる）

今後、ペンダントを取り戻し、聖女の力が復活することは、ファティアのこれからの人生にとって有利に働くだろう。

ただそうすると、偽者聖女のロレッタは罪に問われ、ザヤード子爵家もただでは済まないに違いない。それに関しては全く同情しなかったが、調査が入ればファティアの存在も、国にいずれバレてしまうのは明らかだった。

そうすれば、ファティアと今みたいに一緒に暮らす毎日は、きっとなくなってしまうのだろう。聖女に戻ったファティアならば、国は手厚い待遇で迎えてくれるだろうから。

政治的なことに関わるのは大変だろうが、それはライオネル自ら、第二王子であるアシェルに話を付けるつもりだった。

ファティアが聖女の力を国のため、民のために使う代わりに、ファティアがこれからの人生で少しでも涙を流さなくて済むように、助力は惜しまないつもりでいる。けれど。

(だめだな、俺。こんなにファティアと離れたくなくなるなんて)

——ライオネルは、ファティアが好きだ。

一人の男として、生涯傍に居たいと思っているし、ファティアも同じように思ってくれたらと、切に願っている。

しかしファティアが聖女として国のために働くとなれば、今後他国に移ったりなど、逃亡ができないように、策を講じられるかもしれない。ファティアを囲うために、王族や上級貴族の伴侶にしようという話になっても、不思議ではなかった。

(嫌だな……それは)

けれど――それでもライオネルは、ファティアの大切なものも、力も、本当なら得るはずだった栄光も全て、取り返したいと願った。

そして、ファティアもそれを願ったのだ。

ファティアは自身の口で「ペンダントを取り返したい」と言ったこと――それは、ライオネルの協力を求めたのと同義だった。

力強く抱き締めたライオネルの腕に、より一層力が入る。

壊してしまわないようにと思うのに、ファティアの言葉に、どうしても愛おしさが込み上げてくるからだった。

「ファティア……聖女の力を取り戻したかった理由って――」

再三だが、ライオネルはファティアの幸せを願った。奪われたもの全てを、取り返してあげたいと思った。

ファティアがペンダントを取り返したいと口にしたことは、その始まりなのだと、信じて疑わなかったのに――。

「俺の『呪い』をどうにかするため、だったの……？」

「は、はい。……今の私ではライオネルさんの『呪い』による痛みを少し和らげることしかできませんが……完全に力が戻ったら、『呪い』による痛みをなくしたり、そもそも『呪い』自体を浄化できるかもしれないと思って……」

「……っ、ほんと、ファティアって……」

(そうだ、ファティアはこういう子だ)

ライオネルは、自身の『呪い』のことなんて欠片も頭になかった。

ファティアのことばかりを考えていたからだ。

「ファティア、ありがとう。俺のこと考えてくれて」

「そんな……お礼を言うのは私の方です。ライオネルさんがいたから、私は……」

ようやく涙が止まったファティアを抱き締めたまま、形の良い後頭部を優しく撫で上げる。

触り心地の良い柔らかな髪。出会った頃の傷んだ髪の毛が嘘のようだ。

抱き締めたときの感触も、ライオネルとは違う少し柔らかな女性らしい弾力がある。

何故かファティアからは甘い香りがして、くらり、と目眩がしそうになった。

それでもライオネルは、先に伝えることがあるからと、煩悩を一旦頭の端に追いやる。

「今度レオン殿下とロレッタ《あの女》の婚約披露パーティーがあるの、覚えてる？」

「……？　はい」

「訳あって、そのパーティーに参加するんだよね」

「えっ!?　ライオネルさんがですか……!?」

「そう」

ライオネルは魔術師の家系だが、爵位は賜っていなかった。

元魔術師団団長とはいえ、平民がそんなパーティーに参加することは普通なら有り得ないのでは？と疑問を隠せないファティアに、ライオネルは「落ち着いて」といつもの飄々とした声色で返した。

「まあ、一言で言うと、アシェル殿下の権力を使って参加するから問題ない」

「身も蓋もないですね……」

「うん。それと、そのパーティーにはファティアも参加してもらうから。今決めた。よろしく」

「今……!?　え、えええええっ……!?」

ファティアは困惑の表情を浮かべたが、ライオネルがあまりにも淡々と言ってみせた。

「諸々アシェル殿下にどうにかしてもらう。心配はいらない」

「参加するのは……理解しました。けど……どうして」

「ああ、うん。説明する」

――そうして、ライオネルはゆっくりとした口調で説明を始めた。

レオンが次期国王の座を確固たるものにするため、ロレッタの聖女の能力を披露するつもりだということ。

そのためには、一目で治癒魔法が分かるように誰かが傷付く必要があり、その人物がアシェルの可能性があるということ。

最悪の場合、アシェルが命を落とすような怪我をさせる可能性もあること。

「そんな……っ、何てことを……！」

「全部仮説だけど、割と可能性は高い。ロレッタ《あの女》が聖女の力でアシェル殿下を助けられなくても、レオン殿下は婚約者を切り捨てるだけでいい。そのときにアシェル殿下が死んでも、レオン殿下の企てさえバレなければ何も損はないしね。治癒魔法が成功したとしたら、アシェル殿下は公の場で命を救われたことになり、レオン殿下を支持する者はより一層増える」

絶対に防がなきゃならない、とライオネルは続ける。

だからこそライオネルは、アシェルに諸々を頼んで、パーティーに参加するのだ。

「いざとなったら魔法を使うかもしれないし、何より危険な状況になるかもしれないから、今さっきまではファティアを連れて行くつもりなんてなかったんだけど」

「……と、言いますと？」

「形見のペンダント、もしかしたら婚約披露パーティーでも着けてるかもしれないでしょ」

「……！　確かに……！　可能性はあります……！」

そもそも、平民のファティアに、レオンの婚約者となったロレッタと気軽に会える機会はない。

しかし、大勢が参加するパーティーならば、接触はかなわなくとも、それなりの距離から様子を確認することはできる。

「もしも着けてたら……上手いこと取り返そう」

「……う、上手いこと……考えてみます！」

「うん。一緒に考えよう。パーティーまでに時間はあるし」

「はい！　ありがとうござ……ふぁ……って、すみません！　こんなときに欠伸なんて……」

「……いや、今日は色々あったから、仕方ないよ。話はまた明日にして、今日は寝ようか」

ライオネルがそう言うと、「昼寝もしたのに……」と呟きながら、ファティアの瞼はゆっくりと下がっていく。

どうやら限界はもう近いようで、こくんこくんと舟を漕ぎ始めるファティアに、ライオネルは小さく笑った。

「このまま寝ていい。俺がベッドまで運ぶから」

「……す、みま……せ……」

長らく抱き締めていたせいもあるのか、ファティアの体はポカポカと温かい。

まるで子供みたいだ、とライオネルは思いながら、完全に瞼を閉じたファティアの膝裏に片手を入れると、横抱きにして立ち上がる。

そしてベッドに寝かせ、ファティアの前髪を優しく撫でた。

「ファティアは、本当に良い子だね。可愛くて、格好良くて——」

ファティアのぷっくりとした赤色の唇に、ライオネルは親指を這わせる。

ふにふにと触れてから、ふ、と一度口角を上げ、そして顔を近付けた。

少し動けば唇が触れてしまいそうな距離で、煩悩が暴走しそうになるのにギリギリのところで待ったをかけたライオネル。

先程撫でたせいで丸い額が露わになったファティアに、ちゅ、と口付けを落とす。

「ごめんね、ファティア。先に謝っておくよ」

——泣きながら、ライオネルを『呪い』から救いたいと言ったファティア。

あんなファティアを見たら、もう、ライオネルは自分の気持ちを止めることはできない。

「……俺、何があってもファティアを手放してあげられないみたい。——好きだよ、ファティア」

そう言ったライオネルは、しっかりと閉じたファティアの瞼を、優しく唇でなぞった。


〈2巻につづく〉

番外編1　雨の日の共同作業

「ファティア、今から何をしよっか？」

「そうですね……」

ザーザーと降りしきる雨音のせいか、ライオネルの声は少し聞こえづらい。

それでも、窓の外を指さしながら困ったように、それでいてどこか嬉しそうに言うライオネルに、ファティアは必死に頭を働かせた。


――話は少し遡る。それは、とある日の昼下がりのことだった。


「雨、やみませんね……」

「そうだね。買い物は明日まで無理そうだから、今日の午前中は修行にしようか？」

「はい！　よろしくお願いします！」

昨日の夜から雲行きが怪しかったものの、まさかここまで大雨になるとは思わなかったファティアは、少し残念そうに眉尻を下げた。

しかし、気持ちはどうあれ雨である事実は変わらないし、ライオネルが付き合ってくれるのだから、修行を頑張らなければ。

そんなことを考えながら、ファティアは事前にテーブルに置いておいた魔導具に手をかざした。

「じゃあまずは、魔力を吸収させますね」

「うん」

魔力を上手く練られるよう、余分な魔力を魔導具に吸収させたファティアは、次に手のひらの上に風を巻き起こすイメージを描く。

すると、手のひらの上には小さな竜巻のようなものが現れ、それを見たライオネルは薄らと目を細めて微笑んだ。

「うん、いい感じだね。成長してる」

「ありがとうございます……！　次にいきますね……！」

それからファティアはしばらくの間、ライオネルに修行に付き合ってもらった。

ライオネルからストップがかかってからは、二人で家事を済ませ、ファティアが作った昼食を食べる。

買い出しに行くつもりだったので、あまり多くの材料は残っていなかったけれど、二人で他愛もない話をしながら食べたご飯は、とても美味しかった。


——そうして、話は冒頭に戻るのだけれど。

「ファティア、今から何をしよっか？」

「そうですね……」

食器洗いに後片付けも済ませた二人は、窓の外を眺めてから、どちらからともなく見つめ合った。

「家事は終わりましたし、午後からは一人で修行を——」

「だめ。無理は禁物って言ってるでしょ」

「で、でしたら、ライオネルさんはゆっくり読書などどうでしょう？　私は普段はしない細かい場所を掃除でもしようかと！」

午前中は修行に付き合ってもらったので、午後はゆっくり休んでもらいたい。

だからファティアはそんな提案をしたのだが、それはライオネルにあっさりと拒否されてしまう。

「何で俺だけ休んで、ファティアが働くの？」

「だってそれは……」

「そういうのだめだからね。俺は料理はできないけど、家事はするって言ったはずだよ。だから、ファティアが掃除をするって言うなら俺もする。……どうする？」

「～～っ」

どうやら、ライオネルにはファティアの思考はお見通しらしい。

ファティアが働けばライオネルも働く――つまり、彼をゆっくり休ませることができなくなってしまうわけで。

「分かりました……！　掃除はまた今度にします」

「うん、そうしよう。……あっ、そうだファティア。何をしたいか聞いておいて何なんだけどさ」

「はい、何でしょう？」

「一緒にお菓子作らない？　というか、俺に教えてくれる？」

「お菓子を……ですか？」

ライオネルは甘いものが大好物だ。たまに作ると、こちらが驚くくらいに喜んでくれたのは記憶に新しい。

けれど、今までお菓子作りを教えてくれと言ってきたことはあっただろうか。

ファティアは過去に思いを馳せると、なかったはず、という結論に至る。

（ふふ。確かに、早く食べたくて手伝おうとしてくれたことはあったけれど……）

あのとき作ったのは何だっただろうか。プリンだったっけ？とファティアは思い出しつつ、ライオネルに向かってニコリと微笑んだ。

「私でよければお教えします！　その道のプロではないので、拙いかもしれませんが……」

「そんなの問題ないよ。邪魔しないように頑張る」

「ふふ！　では、早速作りましょう……！」

昼食を食べてからさほど時間は経っていないが、お菓子作りは時間がかかるものが多い。

だから今から始めた方がおやつの時間にはちょうどいいかもしれないと、ファティアはライオネルと共にキッチンへと向かった。

「さて、何を作りましょうか……」

「甘いのがいい」

「それはもちろんです！　あっ、そういえばバターがあまっていましたね」

ファティアはそう言うと、貯蔵庫からバターを取り出した。

他にも小麦粉や砂糖、卵にナッツ類をキッチン台に置くが、普段は完成形ばかりを見ているライオネルにはさっぱり分からないらしい。

これらが何のお菓子になるのか考えているライオネルの姿に内心可愛いなんて思いながら、ファティアは気合を入れるように袖を捲った。

「ライオネルさん！　では作りましょうか！」

「うん。よろしく。けどこれって何ができるの？」

「それは出来上がってからのお楽しみにしましょう……！」

「なるほど。楽しみだな」

「じゃあまずは、バターを混ぜるところからお願いします！」


――そうして、かれこれ三十分ほど経った頃だろうか。

砕いたナッツが入ったクリーム色をした生地が出来上がったので、それを二人で筒状の形にしていく。

それを一時間ほど貯蔵庫で冷やしてから、ファティアはナイフをライオネルに手渡した。

「……？　これを切るってこと？」

「はい。一センチくらいの幅で切ってください！　冷やしたので切りやすくなっていると思いますよ」

「うん、分かった」

慣れない手付きだが、丁寧にナイフを扱うライオネル。

そんな彼を見ながら、ファティアは問いかけた。

「ここまできたら何ができるか分かりましたか？」

「いや……さっき冷やしたときに、もう食べられるのかなって思ったんだけど、ファティアがオーブンの準備をしてるから、焼くわけでしょ？　これを焼いたら、何になるんだろう。全然分かんない」

「えっ⁉　ま、まだ分かりませんか……うーん」

あとは焼くだけで、もうほとんど答えは出ているようなものなのだが、焼いてからの香りがないと分からないのかもしれない。

（ライオネルさんって、たまに天然というか、何というか……）

そんなところも素敵だと思いつつ、ライオネルが切り終わったその生地を、ファティアがオーブンに入れる。

その後、目をキラキラさせて「何ができるんだろう」と楽しみにしているライオネルと共に洗い物を済ませた。

「あっ、いい香りがしてきましたね」

「本当だ。アーモンドの香ばしい匂いと、よく嗅いだことのある――これって……」

「流石に、もう分かりましたか？」

オーブンに入れてから約十五分。ファティアは焼き色を確認してから、分厚いミトンの手袋をして天板を取り出した。

天板の上に均等に並んだそれを見て、ライオネルは幸せそうにふにゃりと頬を綻ばせる。

「ファティア、すっごく美味しそうなクッキーだね。……そうか、あれがこんなに美味しそうなクッキーになるのか」

「アーモンドも入ってますから、ザクザクして美味しいと思います！　売り物はどれも冷ましたものですから、出来立てを食べてみますか？」

「えっ、いいの？」

――幼い頃、貧乏ながらにおやつを作ってくれた母の得意なお菓子がクッキーだった。

バターも砂糖も安価ではなかったため頻繁には食べられなかったけれど、たまに作ってもらったとき、どれだけ嬉しかっただろう。

冷めてサクッとしたクッキーも美味しいが、焼き立てで、ホロホロと崩れてしまうほどに柔らかなクッキーは手作りでしか味わえない、ファティアにとっての特別だった。

「じゃあ、いただきます」

「はい！　火傷には気を付けてくださいね」

ふぅーふぅー。一つクッキーを手に取ると、口を窄ませて何度か息を吹きかけたライオネル。

そしてそれを、勢いよく口の中に放り込んだ。

「……!?　ファティア、これ凄く美味しい。甘くてホロホロと口の中で崩れるのに、ナッツがザクザクしてて最高。ファティア天才」

「気に入ってくださって良かったです！　けれど作ったのは私じゃなくて、私とライオネルさんですよ！　つまり、ライオネルさんも天才です！」

「ははっ……なるほど」

小さく笑いながら納得したライオネルが、続けざまにクッキーを食べていく。どうやら、手が止まらないほどに美味しいらしい。

（良かったぁ……ライオネルさんが喜んでくれて）

そんなことを思うファティアだったが、同時に自身も食べてみたいという欲求が湧いてくる。

「私も一ついいですか……？」と問いかけると、ライオネルは「ごめん」と申し訳なさそうに呟いた。

「あまりにも美味しくて俺ばっかり食べてた。はい、ファティアもどうぞ」

「あ、ありがとうございます……って、え？」

「ん？　どうしたの？　はい、あーん」

「え……!?」

ライオネルの手がずいと伸びてくる。その指先にはクッキーが挟まれており、ファティアは羞恥から躊躇したのだけれど。

どうやらライオネルには、ファティアの気持ちは読めなかったらしい。

「ああ、熱いもんね」

「えっ……」

「ふぅーふぅー。はい、冷ましたからもう平気だよ。ファティア、口開けて」

（違う……！　熱そうだから躊躇したわけじゃない……っ！　けど、こんな平然としてるライオネルさんに恥ずかしいって伝えるのも……何か……）

自分だけが恥ずかしがっているみたいで、それはそれで恥ずかしい。

それならば、とファティアは覚悟を決めた。

食べようが、真意を伝えようが、同じ恥ずかしいならば、ライオネルの行為に素直に甘えてみようと。

ファティアは、ライオネルの手にあるクッキーに、顔を近付けた。

「あむっ。もぐもぐ……」

「……美味しい？」

「……はいっ、おいひぃっ、れす」

「そっか」

思いの外、やってみれば何てことはないのかもしれない。口の中には幸せが広がり、目の前のライオネルもどこか満足そうに見えるし、ファティアの心はほっこりした。

羞恥が消えたわけではなかったけれど、今日はいい一日だなぁなんて、そんなことを思っていたというのに。

「ファティア、はい。もう一個あーん」

「えっ……!?」

「あーんされるファティアがあまりにも可愛くて、俺これにハマりそう。沢山あるから、まだまだあーんできるね？」

「……!?」

ザーザーと、降りやまぬ雨。窓には大量の滴が付いていて、地面にはいくつもの水たまりができているだろう。

もしかしたら、明日も買い出しには行けないかもしれない。

けれど、ファティアがあまり悲観することはなかった。——いや、悲観する暇なんてなかった。

目の前の、酷く幸せそうな顔をして、クッキーを食べさせようとしてくるライオネルに、全意識が奪われていたから。

——甘くて幸せな時間に、ファティアは時間を忘れるほどに酔いしれた。

番外編２　日向ぼっこをしよう

「ねぇファティア、今から一緒に日向ぼっこしない？」

そう、ライオネルが提案したのは、雲一つない晴天の日だった。

「今からですか？　でも、修行が……」

魔導具で魔力を吸収するようになってから、毎日魔法の修行に励むファティアに、休養という概念はないらしい。

真面目なことはとても美徳だし、ファティア自身が楽しそうに修行していることは大変いいことなのだが、人間一日くらいまったりと過ごすことも大事なのではないか、とライオネルは考えていた。

「一日くらいサボっても大丈夫だよ。むしろ、何事もほどよく気分転換した方が上達も早くなるんじゃない？」

「そう……ですかね？」

「うん。俺が保証する」

ライオネルが穏やかに笑ってそう言うと、ファティアは少し考える素振りをしてから、コクリと頷いた。

「日向ぼっこ、ご一緒していいですか……？」

「もちろん。それじゃあ早速、外の芝生に行こっか」

それからライオネルは、ファティアの手を引いて庭へと連れ出した。

ライオネルが芝生にごろんと横になると、隣にちょこんと座ったファティアが、気持ち良さそうに目を細める。

「ん～気持ちいいですね～」

「そうだね。たまにはこういう日もいいよね」

ハインリや魔術師団の仲間たちと任務に駆り出されたり、書類仕事をしていたあの日々だってもちろん充実していたけれど、こうやってファティアと日向ぼっこをするのもまた格別に幸せだ。

ライオネルはこの瞬間の幸せを噛み締めながら、隣に居るファティアの手に、そっと自身の手を伸ばした。

「ファティア、手を繋いでいい？」

「……えっ!?　まさか……！」

「ううん、『呪い』は発動してないよ。……ただ俺が、どうしてもファティアと手を繋ぎたくなっただけ」

「……っ」

素直に気持ちを吐露してファティアの手を包み込めば、おずおずと握り返される。

子供のように温かくて、女性特有の柔らかさで、綺麗な爪の形をした、繊細なファティアの手。

ライオネルはその手を自身の頬へと誘うと、ぴたりとくっつけた。

「えっ!? ライオネルさん……っ」

「んー……ファティアの手は安心するね。何だか眠たくなってきた」

「……っ、ね、眠り、ますか……？ それなら家に入りますか……？ ここで寝ては風邪を引いてしまうかもしれませんし」

「そうだよね……うーん、そうなん、だけどさ」

安易に日向ぼっこを提案したことが間違いだったのか、深い眠気が襲ってきたライオネルは、ぼんやりとした思考の中で、これからどうしようかと考える。

(このまま寝たらファティアが心配するしな。けど、今起き上がるのは億劫だし。五分経ったら起こしてもらうとか……。起きれるかな。ファティアだけ家に戻ってもらう？ ……いや、ファティアは気を使いそうだな。さて、どうするか……)

そんなことが頭の中でぐるぐると渦巻きながらも、眠気というのは強敵で、勝てそうにもなく。

「ライオネルさん？　寝ちゃいましたか……？」

「んー……ファ、ティア……」

いつの間にやらライオネルは瞼を閉じかけていて、意識が半分ほど夢へと誘われてしまう。

起きなければいけないとは思うのに、ファティアの声がまた心地良くて、眠気を誘われたのだ。

「この、まま、ね、そう……」

「ふふ、なら何かかけるものを取ってきますね。少ししたら起こしますから、眠っても大丈夫ですよ」

「う、ん」

「おやすみなさい、ライオネルさん……」

直後、ライオネルは完全に瞼を閉じて眠りについた。

「ライオネルさんの寝顔、可愛いな……」と、ファティアが囁いた声が、聞こえた気がした。

目を覚ましたのは、どのくらい時間が経った頃だろう。

横向きにごろんと寝返りを打ち起き上がろうとしたライオネルだったけれど、頬に触れた感触が寝る前に感じていた芝生とは違うことに気が付いて、ぴたりと動きを止めた。

それからゆっくりと、もう一度仰向けになれば、目の前の光景にライオネルは目を見開いた。

「ファティア……？」

「スー……スー……」

座ったまま、顔をコテンと斜めにして眠っているファティア。

ライオネルはそのとき、芝生とは違う感触を理解して、薄らと頬を赤らめた。

（……まさか、起きたらファティアが膝枕をしてくれているなんて、誰がそんなこと予想できただろう）

しかも、いつの間にか自身の体には布がかけられており、風邪を引かないようにという配慮が感じられた。

こんなことをするのは、この場に一人しかいない。

（おそらく、まずファティアは俺にかける布を取りに行って、それで寝心地が悪いんじゃないかと膝枕までしてくれたのか。そしたら意外と俺が起きないから、ファティアも日向ぼっこが気持ち良くて寝てしまった、ってところかな）

ライオネルは幸せな気分で、ふっと小さく笑みを零した。

「ほんと、優しいね、ファティアは」

ライオネルは起き上がると、自身にかけられていた布をどけてから、ファティアを支えてゆっくりと彼女の体を横に倒していく。

起きてしまわないよう最善の注意を払いながら行い、最終的にはファティアの頭を自身の膝の上へと乗せた。

それから、自分にかけられていた布をファティアの体に優しくかけてあげれば、まるで先程までのファティアとライオネルを入れ替えたような体勢になった。

「ファティア、起きたら驚くかな」

そのとき、驚いたファティアはどうするだろう。逃げるように立ち去っていくのか、恥ずかしそうに頬を赤らめるのか。

「……ま、どれでも可愛いけどね」

ライオネルはそうポツリと呟いて、それからしばらくの間、ファティアの寝顔を楽しんだ。

目覚めたファティアに何て声を掛けようか、少し意地悪な顔で考えながら。

あとがき

皆さん初めまして。作者であり、二児の母、肝っ玉母ちゃんの櫻田りんです。

このたびは、数ある本の中から拙著『棄てられた元聖女が幸せになるまで～呪われた元天才魔術師様との同居生活は甘甘すぎて身が持ちません!!～』をお手に取ってくださり、ありがとうございます。


まずは、この作品を書こうと思った経緯からお話ししようかと思います。

ライオネルのようなマイペースだけどスパダリなヒーローを書いてみたいと思ったからです。あと、弱ったヒーローを書きたかったんですよね。

基本的に私は、ヒロインを逆境に陥らせ、そこを最強のヒーローが救い出して包み込む……といったような作品を書いてきたんですが、今作のライオネルは少し違いますよね。(実際は地位はあるし強いし包み込んでくれることには間違いないんですが)こんなに寝込むヒーローを書いたのは人生で初めてで、とても新鮮でした。

そしてヒロインのファティアですが、今作を書くとき、ヒロインは絶対可哀想な環境に置こうと決めていたので、こうなりました。貴族に嫁ぐでもなく、ずっと能力を持っているわけでもなく、高位の貴族令嬢でもなく。母の形見を奪われ、能力も失い、書きながら何度「ファティア可哀想……」と呟いたことでしょう。

と、そんなファティアとライオネルですが、同居生活は基本的に穏やかで、書いているだけで私はとても癒やされました。美しい挿絵も堪りませんね……!!

ちょっとここでこの作品のこだわりを語らせてください……個人的には、家事を分担しているところなんですが、これはあんまり令嬢物の小説で見ないと思って絶対に入れようと思いました。自分が料理しているときに、片付けや洗濯、掃除をしてくれたり、洗い物をしてくれたら嬉しいですよね。

美味しそうにご飯を食べてくれたり、作ってくれたことに対してありがとうと言われるとルンルン気分に……と、これも個人の感想なのであしからず。

さて、先程挿絵の話をちらっとさせていただいたのですが、ここでちょっとイラストについて詳しく。

ジン.先生に表紙と挿絵を描いていただいたんですけど、皆さん!!!!　素敵すぎませんか!?

特にライオネルが怒って魔法を繰り出すシーンなんて「ライオネルやっば～!!!!」と語彙力を失ってしまいました。このシーン、ライオネルかっこよ……と思った読者様も少なくはないはず！　ジン．先生、本当にありがとうございました。

　では、ここからは謝辞になります。

　本作を拾い上げてくださった『ハーパーコリンズ・ジャパン、プティルブックス』のご担当者様及び関係者の皆様、実務担当の編集様、美しいイラストを描いてくださったジン．先生、本作が書店に置かれるまで尽力してくださった皆様、そしてウェブで応援をくださった読者の皆様、本当にありがとうございました。

　家事育児を共に励んでくれた旦那様、いつも癒やしをくれる子供ちゃんたちも本当にありがとう。この作品が世に出る頃には、次男は魔の二歳に進化してますね。（ヒィ……!!　負けぬ!!）

　最後に、本作が皆様の心に少しでも癒やしを届けられますように。皆様がほんの少しでも、優しい気持ちになれますように。

　そして、この本をお手に取ってくださいました貴方様。改めまして、ありがとうございました。

ティアラブックス

棄てられた元聖女が幸せになるまで 1

呪われた元天才魔術師様との同居生活は甘甘すぎて身が持ちません!!

2023年9月28日　第１刷発行

著　者　櫻田りん　
発行人　鈴木幸辰
発行所　株式会社ハーパーコリンズ・ジャパン
東京都千代田区大手町 1-5-1
03-6269-2883（営業部）
0570-008091　（読者サービス係）
印刷・製本　中央精版印刷株式会社

Printed in Japan K.K.HarperCollins Japan 2023
ISBN978-4-596-52454-6

※この作品はフィクションであり、実在の人物・団体・事件等とは関係ありません。

※本作はWeb上で発表された小説『棄てられた元聖女が幸せになるまで～呪われた元天才魔術師様との同居生活は甘甘すぎて身が持ちません!!～』に、加筆・修正を加え改題したものです。